新语北理

XINYU BEILI

北京理工大学党委宣传部　组织编写
王　征　韩姗杉　戴晓亚　王朝阳　编　著

北京理工大学出版社
BEIJING INSTITUTE OF TECHNOLOGY PRESS

版权专有　侵权必究

图书在版编目（CIP）数据

新语北理／北京理工大学党委宣传部组织编写；王征等编著．－－北京：北京理工大学出版社，2024.4
ISBN 978－7－5763－3811－9

Ⅰ.①新… Ⅱ.①北…②王… Ⅲ.①新闻-作品集-中国-当代 Ⅳ.①I253

中国国家版本馆 CIP 数据核字（2024）第 078875 号

责任编辑：徐艳君　　**文案编辑**：徐艳君
责任校对：周瑞红　　**责任印制**：李志强

出版发行 /	北京理工大学出版社有限责任公司
社　　址 /	北京市丰台区四合庄路 6 号
邮　　编 /	100070
电　　话 /	（010）68944439（学术售后服务热线）
网　　址 /	http：//www.bitpress.com.cn

版 印 次 /	2024 年 4 月第 1 版第 1 次印刷
印　　刷 /	廊坊市印艺阁数字科技有限公司
开　　本 /	710 mm×1000 mm　1/16
印　　张 /	14.25
字　　数 /	233 千字
定　　价 /	78.00 元

图书出现印装质量问题，请拨打售后服务热线，负责调换

编 委 会

主审：包丽颖

编著：王　征　韩姗杉　戴晓亚　王朝阳

编委：（姓氏笔画排序）

　　　马　瑶　刘晓俏　纪惠文　吴　楠　吴思婷

　　　辛嘉洋　张长鑫　和霄雯　季伟峰　赵　琳

　　　赵安琪　哈　楠　姜　曼　徐梦姗

前　言
PREFACE

新时代以来，伴随网络信息技术的快速发展，舆论生态、媒体格局、传播方式发生深刻变化。"因势而谋、应势而动、顺势而为，加快推动媒体融合发展"，成为高等学校宣传工作的紧迫任务。

2014年5月16日，北京理工大学的第一个校级官方微信公众号"i北理"正式开通，标志着北理工校园媒体步入新媒体时代。2018年2月28日，北京理工大学官方微信订阅号正式开通，并与"i北理""i北理小研"新媒体账号等一起构筑起多层次、多维度的校级新媒体传播矩阵。

多年来，北京理工大学"官微"坚持党的领导，在党委宣传部的管理指导下，认真落实举旗帜、聚民心、育新人、兴文化、展形象的使命任务，成为发布学校权威咨询、全方位展示学校办学实力、积极传播学校优秀文化、推动校园媒体融合的校级新媒体核心平台。伴随着学校一流发展的坚实脚步，一篇篇潜心创作、精良制作的新媒体作品，凝聚了师生创作者们的心血，生动讲好北理故事，有力传播北理声音，深入凝练北理文化。

优秀的新媒体作品，虽然最常呈现的是"瞬间峰值传播"效力，但严谨的构思、顺畅的话语与出彩的创意仍然会历久弥新，值得细细品读。在学校高质量发展新阶段中，为了更好地服务校园新闻宣传，我们精心选取了2017年至2020年学校"官微"发布的31篇文章，辑录成册，定名为《新语北理》，以期为从事校园新媒体作品策划创作的师生拓展思路，提供参考借鉴。

本书分为荣耀、人物、岁月、校园四个篇章，主题涵盖人才培养、学科建设、科研成果、师生团队、校园生活等多方面内容。为方便读者阅读，本书对官微原文内容做了适当调整，并精心编辑排版，期望在展示北理工优秀新媒体宣传作品的同时，为校园网络文化建设作出点滴贡献。

新语北理，心予北理。

目 录
CONTENTS

荣 耀

璀璨星空中的"北理工质量" …………………………………………（ 3 ）
对接成功！"天舟""天宫"精准一吻，怎能少了我大北理！
……………………………………………………………………（ 10 ）
硬核！感谢张艺谋为北理工点赞，其实厉害的不止这些 ………（ 13 ）
一场大阅兵，为国铸剑有我！北京理工大学向祖国报到！………（ 20 ）
微信"地球变脸"，北理工技术助力中国气象卫星明辨"风起云涌"！
……………………………………………………………………（ 23 ）
方山脱贫摘帽！北理工的方山故事，未完待续……………………（ 27 ）
媒体大咖话北理｜北理工"小基因"引发"大关注"！…………（ 36 ）
北理哪吒｜这尊未来范的"重装机甲"真真霸气，BIT-NAZA！
……………………………………………………………………（ 43 ）
央视《新闻联播》来打 call！我理这项技术让你成为"深海勇士"
……………………………………………………………………（ 49 ）
又叒叕登陆央视，CCTV 讲述北理工精彩的中关村故事 ……（ 53 ）

同根同源，红色九校相聚延安成立"延河联盟" …………（57）

【光明日报】北理工：传承红色基因向世界一流理工大学迈进

……………………………………………………………………（62）

人　物

新时代　新作为｜王光义，激发新一代的"北理工力量"！……（71）

爱国奋斗｜捍卫中国外空利益，这位北理工人有办"法"！………（78）

在北理工，一名党员就是一面旗帜……………………………（87）

七一｜我们一起 pick 这些能量满满的北理工人！……………（100）

为中国"深空之光"璀璨长驻

　　——北理工孙克宁教授空间电源系统研究侧记………（112）

全国仅 10 位，这个北理工光学博士不简单！…………………（119）

新生故事｜关键词："北理工""梦想"和"奋斗"………………（123）

岁　月

1949，北理工的新中国初记忆……………………………………（131）

35 年的发展，让我们从钱学森的一封信说起……　……………（140）

回眸四十载，经心筑梦，管奏华章………………………………（147）

60 年，505｜揭秘北理工探索宇宙的"点火时刻"………………（155）

八一献礼｜一甲子前，北理工向国家交上这样一份"初试成绩单"

……………………………………………………………………（165）

青年节｜徐特立老院长的"五四"情结…………………………（168）

校 园

这个北理工的"先进中心",真材实料,崭露头角,为"双一流"
　　建设发力! ··· (175)
北理有"西山",冷泉东路 16 号 ·································· (184)
思政会两周年│筑实一流大学建设的思想政治工作"生命线"
　　·· (191)
会测温能报警的"快递员",北理工的"小酷"有点儿酷 ······ (202)
冬日,这件北理工的温暖事,很暖很暖······ ···················· (205)
从北戴河到方山,40 年来,海的胸怀、山的崇高,北理工青年
　　追寻把小我融入大我 ·· (211)

荣　耀

新语北理

璀璨星空中的"北理工质量"

推送日期：2017年9月10日

2017年9月10日，北京理工大学"空间载荷技术研究院"举行揭牌仪式，空间载荷技术研究院正式成立。经过多年孕育，北京理工大学在"拓天"之路上，空间载荷研究硕果累累……

"主动瞄准国家重大战略和国防重大战略需求，紧密围绕我国航天事业发展主题，潜心研究，重点攻关，大力推进航天领域科技工作。" 2009 年，学校党委在第十二次党代会上首次提出实施"6+1"发展战略，并将"强地、扬信、拓天"作为学科特色发展路径，经过多年孕育，在这条"拓天"之路上，空间载荷研究硕果累累。

载荷决定平台，载荷促进整星。在空间科技领域中，有效载荷作为航天系统中能直接实现某种特定任务的仪器、设备、人员、试验生物及试件等，是航天器在轨发挥最终航天使命的最重要的一个分系统，决定着飞行器规模、轨道需求、所形成的能力，是空间科技领域的关键核心技术之一。《国家中长期科学和技术发展规划纲要》《国家民用空间基础设施中长期发展规划（2015—2025 年）》《中国至 2050 年空间科技发展路线图》等都对空间有效载荷等技术给出了规划和需求。

浩瀚天际，广袤无垠，北京理工大学着力在"拓天"中加强顶层设计和谋篇布局，依托传统优势学科，大力发展新兴交叉学科，注重理工融合，推动空间有效载荷技术的创新与发展，形成了一批高水平的空间有效载荷研究成果；更加可贵的是，这些成果大都经过了实际在轨运行的严苛考验，在璀璨星空中，一份份坚实的"北理工质量"，印证了我校在空间载荷科学研究领域中的研究优势和技术水平。

吴嗣亮教授团队发明的高速交会目标相对定位测量技术荣获国家技术发明奖一等奖

高起点，用传统优势剑指太空

作为中国共产党创建的第一所理工科大学和新中国第一所国防工业院校，北京理工大学始终将服务国家、复兴民族作为不变的追求和使命，为国防科技研究作出了大量的贡献，也形成了自身在多领域的研究优势。

在参与中国航天事业中，如何发挥既有优势，推动其参与到空间载荷等领域的研究中，始终是学校战略发展的重点。在正确的战略谋划下，经过多年持之以恒的推动，可以说优势学科已经成为学校空间载荷研究中的骨干力量，成绩显著。

北京时间2016年10月19日凌晨3点31分，神舟十一号飞船与天宫二号成功实施自动交会对接，标志着北理工研制的交会对接雷达圆满完成任务。从"神八"开始的"天神"对接，直至"天舟"三吻"天宫"，北理工空间交会对接微波雷达发射装置和微波雷达接收装置，已经成为中国航天器交会对接的"标配"。

为中国航天器太空对接研制的功能性载荷，正是北理工充分发挥在信息科学领域优势而研制的空间载荷。近年来，第一部星载空间目标测量雷达、第一部星载威胁告警雷达、第一颗天基SAR雷达快视图像、第一幅在轨可见光实时处理图像、首个遥感卫星星上实时处理设备、首台和目前唯一在轨的5通道非相干扩频测控应答机等一大批"中国第一"不断在空间载荷领域涌现，也充分说明了学校推动优势学科面向空间载荷研究的战略谋划取得了成效。

"北理工多年来形成的科学研究优势，就是要应用于服务国家的重大战略需求，面向航天，在空间载荷研究领域写下新的篇章，不仅有利于新成果探索，还积极拓展了学科的发展空间。"毛二可院士如是说。固守不是优势，发展才是保持优势的关键，抓住空间载荷研究的新领域，不断拓向太空，将通信、雷达、光学等传统优势学科延展到空间载荷研究中，北理工剑指太空。

重基础，理论研究孕育优质载荷

开展空间载荷研究，将先进的技术汇聚成一个个飞入太空的载荷装置，这其中需要凭借先进的工程技术能力，解决大量的实际问题，克服诸多意想不到的现实困难。但是，空间载荷研究绝不仅仅是"就事论事"的工程应用，要形成高水平、高价值的空间载荷成果，解决航天领域中实际需求和重大问题，必须要注重基础研究和理论研究。

基础愈深，大厦愈高，北理工是这样想的，也是这样做的。在空间载荷研究中,学校始终将解决问题作为研究方向最好的指挥棒,有针对性地加强引导,集中力量对重大工程的关键技术问题进行攻关。

在北京理工大学宇航学院,有这样一项被誉为"天网"的研究项目,从电脑演示图像来看,"别致"的造型,规模不小,一根根连杆形成好似钢架结构的大网,而这张巨大的网,却又能自如屈伸。这张"天网"叫作缩比天线反射器,是由北理工胡海岩院士团队和航天504研究所联合开展的研究。

天线反射器地面实验平台(400平方米)

"天网"项目酝酿之初,学校充分聚焦大型结构在太空展开并长期服役的关键技术问题,发挥学校在力学研究方面的基础研究优势,集中力量,攻坚克难。在学校的整体谋划下,依托学校力学学科,在2012年就获得了我国航天器力学领域第一个国家自然科学基金重大项目及相关的国家自然科学基金创新研究群体。在项目的支持下,所开展的大型空间结构展开动力学建模与分析等研究迅速提升了我国新型航天器和未来航天器的结构设计水平，解决了航天工程中若干重要技术难题，在国内外学术界产生了重要影响。

目前，北理工已经研制成功拥有了自主知识产权的大型空间结构展开动力学仿真软件和地面模拟实验系统，为我国大型星载天线设计提供了最为关键的动力学展开数值模拟和地面实验模拟手段，并获批国家自然科学基金重大项目。2015年9月，我国首颗携带15.6米口径环形桁架天线的通信技术试验卫星一号发射入轨，天线成功展开并工作状态良好，成为我国空间结构技术发展的一个新里程碑。

北理工在发展战略中明确提出"以突出基础研究为重点、高水平科技成果为标志、引领国防科技发展为方向"的科技工作基本思路。通过对基础研究的创新突破，从本质上提升学校的科研实力，带动人才培养，面对空间载荷研究，夯实基础，实现服务国家重大战略和学校发展的"双赢"。

谋创新，交叉融合拓展宇宙深蓝

开展宇宙探索，面向充满无限未知的空间，其本质就是一条人类的探索创新之路。着力空间载荷研究，必须坚持创新驱动发展。在近年来的工作实践中，北理工逐渐找到了自己的良性循环模式，即以空间载荷研究为牵引，大力推动学科交叉融合，以新兴交叉学科发展的蓬勃动力，推动空间载荷领域的创新发展。

2017年6月4日，一只来自北京理工大学的绿匣子，搭乘备受瞩目的美国太空探索技术公司的可回收式火箭"猎鹰9号"飞向太空，通过"龙"货运飞船登入国际空间站。这只中国绿匣子的太空之旅可谓不同凡响，不仅成为首个登入国际空间站的中国空间科学项目，还标志着中美空间科学合作取得了"零"的突破。这个由北京理工大学生命学院邓玉林教授团队独立设计的空间科学载荷，旨在研究空间辐射及微重力环境对抗体编码基因的突变影响。登陆太空，对这个团队而言已经并不陌生，早在2011年起该团队的空间生命科学

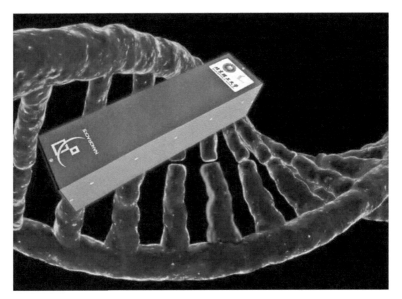

中国首个登上国际空间站的生命科学实验载荷

载荷就搭乘"神舟八号"首飞太空,之后又陆续实现了"长征七号"和"天舟一号"载荷搭载。空间载荷成果的一次次遨游太空,也给了创新研究最好的发展驱动,可以说在世界空间生命科学研究领域中,北理工已经打下了一个坚实支点,正不断向着世界最先进的水平冲击。

北理工空间生命科学载荷能"一飞冲天",得益于学校将理工融合发展落在了实处。学科的深度交叉融合,释放出了惊人的创新力,并在空间载荷研究领域得到了充分的释放。这样的成果并不是个例,伴随中国航天员完成了历时 33 天的"太空之旅",中国第一副闯入太空的 VR 眼镜,也是北理工瞄准空间载荷研究,发挥学科交叉融合创新的例证。

依托中国航天事业良好的发展前景,学校整体布局,深入推动信息、机械、控制、光电和生命等学科交叉融合,并成为北理工空间载荷研究创新发展的不竭动力。

拓天之路,志上九天揽月,愿赴星辰大海。这一跨学院、跨学科的科研平台,将进一步统合科研力量,加强空间载荷技术的理论基础和关键技术攻关,聚焦研发具有北理工特色的载荷及应用,促进学校空间载荷资源的整合与共同发展,同时通过与国内外"政、产、学、研、用"空间科学技术各领域的合作,进一步提升学校在我国空间科技发展中的研究地位。

并拢五指,聚力于拳,空间载荷研究院的成立必将成为带动我校学科发展,实现服务国家重大战略需求,建设中国特色世界一流理工大学的又一有力之举。

供稿:韩姗杉

编辑:王朝阳

对接成功!"天舟""天宫"精准一吻,怎能少了我大北理!

推送日期:2017年4月22日

4月22日12时23分,经过近两天的在轨飞行,"天舟一号"货运飞船按照预定程序与在轨运行的"天宫二号"空间实验室顺利完成首次自动交会对接。

由北京理工大学信息与电子学院航天电子技术研究团队吴嗣亮教授、崔嵬教授负责研制的"天舟一号"微波雷达信号处理机与"天宫二号"微波应答机信号处理机,为"天舟"与"天宫"提供精确的相对位置和运动参数测量信息,将引导"天舟"与"天宫"完成三次"太空之吻"。

据团队负责人吴嗣亮教授介绍,"天舟一号"微波雷达信号处理机与"天宫二号"微波应答机信号处理机属于空间交会对接微波雷达的第二代产品,相对于第一代产品,此次用于"天舟一号"和"天宫二号"的第二代产品有了新的发展。

崔嵬教授介绍,"产品增加了双向通信功能,以保证'天舟一号'在对接任务中与'天宫二号'实时进行信息传输。同时,通过设计优化,使第二代产品体积更小,重量更轻,功耗更低。"

长期以来,北京理工大学始终瞄准国家重大战略需求,潜心研究,

"天舟一号"与"天宫二号"对接模拟图

刻苦攻关,大力推进我国航天事业发展。航天电子技术研究团队研制的微波雷达信号处理机与微波应答机信号处理机已先后用于"神舟八号""神舟九号""神舟十号"与"天宫一号",以及"神舟十一号"与"天宫二号"的历次交会对接任务中。目前,团队正在开展空间站工程、探月工程三期相关信号处理机的研制,将不断为后续工程建设贡献力量。

在祖国航天事业发展历程中,北理工人从理论到实践,从方案到产品,再到"不容一次失败"的高标准、严要求,都彰显着北理工肩负国家使命、坚持军工品质的深刻内涵,在广袤星空留下北理工一步又一步坚实的脚印。

为"天舟"与"天宫"对接成功而喝彩的同时,让我们一起回顾一下北理工多年来在中国载人航天空间交会对接关键环节的卓越贡献吧!

2011年11月3日凌晨,神舟八号飞船在跨越了近130万公里的追逐历程之后,与天宫一号目标飞行器在茫茫太空紧紧"相拥",载人航天工程首次空间交会对接圆满成功。令人骄傲的是,北理工雷达技术研究所吴嗣亮教授课题组研制的微波雷达信号处理机与微波应答机信号处理机表现优异，自神舟八号飞船与天宫一号目标飞行器相距217公里处开始形成稳定跟踪，直至对接环接触，全程提供了两个飞行器间的相对位置和运动参数测量信息，为试验成功作出了贡献。这是多普勒频率—相位差测量技术广泛用于导弹无线电矢量脱靶量测量之后，再次成功应用于空间合作目标的高精度相对定位测量新领域。

在继成功应用于"神舟八号"与"天宫一号"的交会对接任务后，北理工雷达技术研究所吴嗣亮教授课题组研制的交会对接微波雷达信号处理机与微波应答机信号处理机，在"神舟九号"与"天宫一号"的自动交会对接、手控交会对接和手控分离三次任务中，均稳定可靠工作，精确提供了两个飞行器的相对位置和运动参数测量信息，为我国首次载人交会对接任务的圆满成功作出了贡献。

2013年6月25日上午，"天宫一号"与"神舟十号"组合体成功分离，"神舟十号"从"天宫一号"上方绕飞至其后方，并完成近距离交会，这是我国首次成功实施航天器绕飞交会试验，也是"天宫一号"自2011年9月发射入轨以来，最后一次配合神舟飞船完成演练任务；在此之前，"神舟十号"与"天宫一号"已分别成功实现自动交会对接与手控交会对接。为这三次任务成功牵线搭桥的"月老"，依然是北理工雷达技术研究所吴嗣亮教授课题组研制的交会对接微波雷达信号处理机与微波应答机信号处理机。

供稿：辛嘉洋

编辑：欧洋佳欣

图片来源：网络

硬核！感谢张艺谋为北理工点赞，其实厉害的不止这些

推送日期：2019年10月3日

10月1日，在国庆盛典刚刚结束之际，著名导演张艺谋揭秘国庆联欢的幕后故事。"北理工科技立功！"被中央电视台、人民日报、新华社、中国青年报、共青团中央等各大媒体所聚焦，也瞬间刷爆了朋友圈！感谢张艺谋导演的揭秘，其实，服务这场国家盛典，北理工的"牛"还远不止这些，今天官微为你大揭秘！为国庆盛典装上了"科技大脑"的北理工丁刚毅教授仿真团队为20万人"排兵布阵"，打造了三维虚拟的数字版"国庆盛典"！

在国庆70周年庆典活动中，按照中央统一部署，北理工丁刚毅教授仿真团队承担了涉及游行、晚会、观礼人员服务、电视转播和集结疏散等多项相关任务，以秒级和厘米级的精度，进行了全要素、全方位、全流程的三维还原。

团队要针对国庆日当天广场20万人规模的大型活动，协助国庆庆祝活动各级指挥部实现一系列"硬任务"，包括环境－装备－人群－事件等仿真设计与创意可视化、系统评估与方案生成、工程设计的仿真试验评估、训练－排练方案生成与创意修改、指控辅助与应急仿真、转播仿真与集散仿真设计、观礼人员服务管理仿真支持服务等。

游行仿真——精确到厘米！打造群众游行的"虚拟世界"

北理工丁刚毅教授仿真团队在大量高精度建模基础上，按照序幕、主体、尾声三个部分进行了系统开发与交互验证，对群众游行活动进行了全要素、全方位、全流程的三维仿真模拟，实现了自由生动的策划创意，为国庆游行活动策划、组织和现场指挥提供了高效、准确、完整的技术支撑。

精度校准到厘米级的天安门广场

团队开发的国庆游行仿真系统配合北京市国庆办和游行指挥部各部门，实现了辅助策划与创意、辅助训练与效果评估、辅助人员集结和疏散、辅助现场活动指挥、辅助央视现场转播等功能。在分指训练验收、整体合练评估、联合演练等环节中发挥了重要作用。仿真系统的多次汇报得到各级领导同志的高度评价。

仿真模拟系统不仅可以对环境因素进行精细建模，还对人群队形和行为进行了建模。例如，群众游行国旗方阵步幅75厘米、致敬方阵步幅60厘米都被录入了仿真模拟系统，训练时再实时捕捉方阵行进速度、队形状态和通过时间等表现，直接给每个方阵打分，客观的评价结果，将每个方阵的训练效果直观展示出来，并及时反馈调整内容。

联欢活动创意和排练——仿真技术,让 3 290 块光屏"天马行空"

在联欢活动创意和排练工作中,导演组依托北理工建模与仿真技术,对广场环境、舞美道具和演出人群等系统要素进行全局化、个体行为精确化,通过二维、三维系统的仿真计算,实现了一系列先进高效的排演过程,包括高密度人群的路径规划和动态调度、表演行为的数学建模和排练数据生成、海量光屏内容的精细分割和整体协调,并将导演组、视觉组、演员、道具厂商等融合于同一平台,使得排练效果更加真实、表演数据更加准确、演员排练更加高效、方案调整更加快捷。

一幅幅令人震撼、绚丽流动的巨幅场景,令国内外观众叹为观止,张艺谋用了"精准不差""天文数字"等关键词来形容这些精彩的演绎,他说,演员们完成了世界的奇迹,北理工提供了技术。

在"和平鸽"的创意实现中,团队首先将视觉设计师提供的视频进行分析,离散化可用于建模的关键帧画面,构建出 3 290 点位行为模型,也就是 3 290 块光屏如何运动。然后,按照和平鸽展翅翱翔的轨迹确定点位的动态调度,必须要考虑到屏间 5 厘米精度的碰撞检测、动态路径规划、节奏节拍、路径的艺术性呈现等因素。

据此,团队为 3 290 名演员制定出 3 290 本包括队形变化、表演口令等内容在内的训练手册,同时计算出运动光屏的视频映射和内容合成。每位演员只需手举光屏正确跑位,不需要对屏进行任何操作,最终由 3 290 个光屏共同呈现出流光溢彩的巨幅光影图案。

通过反复验证评估,国庆联欢仿真系统最终实现了表演数据的建模和计算、动态元素仿真推演、光屏内容的映射计算和合成,为打造国庆夜晚天安门广场的视觉盛宴提供了科学可靠的数据依据。

集结疏散仿真——万千观礼人员何去何从,仿真技术"说了算"

在 2019 国庆 70 周年庆祝活动中,观礼人员有序的集结疏散也关乎着整个盛典的成败。为此,北理工丁刚毅教授仿真团队专门构建了观礼台服务仿真系统,通过虚拟仿真技术,实现对观礼人员集结疏散的实时方案调整和仿真计算评估。

天安门广场西侧路集结模拟图

该仿真系统可以对观礼人员集结疏散过程中的人员流量、历时和入座率进行实时计算和态势分析,优化人群规划和疏导方案;对饮水、如厕、医疗急救等开展建模和实时仿真计算,推荐突发应急的应对策略;为现场集结疏散的指挥工作提供可靠的数据依据和策略评估。

电视转播机位仿真——国庆盛典电视怎么拍? 仿真技术提前模拟转播

在媒体高度发达的当下,精彩盛典必须确保完成精彩的电视转播。为此,北理工丁刚毅教授仿真团队还紧密配合转播总导演组进行了物理摄像机镜头的数学建模,实现庆祝活动全要素、全方位、全流程可视化和基于仿真平台的虚实交互模拟拍摄。

该技术实现了12种摄像机近100个摄像机机位的数字建模和广场

地区厘米级高精度的物理建模,配合各系统导演及摄像师明确其摄像系统物理极限,提升实际拍摄效率。

观礼人员服务——精确到人,观礼人员信息尽在掌握

国庆盛典,多场演练,国内外嘉宾和观礼群众云集广场,实现人员的信息化管理,对庆祝活动组织和保障具有十分重要的意义。北理工丁刚毅教授仿真团队针对中央及北京市各归口单位的预演演练观看人员和国庆庆祝活动当天观礼人员实现了全面信息采集,完成观礼人员信息管理、席次安排与请柬分配、全局态势展示,为保障国庆70周年观礼人员的组织管理工作,提供科学、安全、可靠的数据建模和仿真支持。

工作单元的部分师生为国庆盛典群众联欢、电视转播等提供技术支持

本次承担国庆任务的北理工丁刚毅教授仿真团队,由北理工计算机学院数字表演与仿真实验室的120余位师生组成,其中还包括50位大学三年级的本科生技术志愿者。

数字表演与仿真技术北京市重点实验室建设于 2010 年，2008 年首次提出"数字表演与仿真"交叉学科体系，2019 年获北京市高精尖学科"数字表演与创意学"建设项目。承担了 2008 年北京奥运会、60 周年国庆游行和晚会、"9·3"阅兵、2010 年至 2019 年央视春晚、2018 年平昌冬奥会闭幕式北京 8 分钟、2019 年北京世园会等国家大型活动仿真系统的研发服务。目前拥有完整的数字表演理论体系与先进的技术支撑平台，在数字媒体、演艺科技、人群仿真等领域特色显著。

为了完成国庆任务，团队共分为五个行动组，分别是游行组、晚会组、观礼集结疏散组、央视转播组和观礼人员坐席分配组。北理工团队启动工作较早，全程为国庆任务提供技术保障和支持，其中游行组 2018 年 12 月启动工作，持续工作 10 个月，其他各组工作也于 2019 年 2 月启动，持续工作 8 个月。

这是一支勇担重任、朝气蓬勃的北理工团队，这是一支为国奉献、奋斗拼搏的北理工团队，这是一支备受关注、振奋人心的北理工团队，这更是一支身经百战、成绩满满的北理工团队！他们谱写的精彩篇章远不止于此！

国庆焰火——绽放有我：2019 年 10 月 1 日晚，天安门广场盛大联欢活动上演了精彩震撼的焰火表演，特效双线"70"、立式"人民万岁"等展现了焰火燃放的世界最高水平。在这绚丽呈现的背后，北京理工大学机电学院杜志明教授领衔的技术团队提供了重要技术支撑。

多年来，北理工在该技术研究领域达到国际先进水平，多次承担国家重要任务，得到业界高度认可。在本次国庆 70 周年任务中，北理工杜志明教授团队作为主要技术支持团队，针对人群规模大、密集度高和特殊区域的安全保障要求，带着"精精益求精，万万无一失"的工作要求，联合国内重点企业，研究制定技术方案，试验改进燃放效果；采用高技术手段，组织专家组，为方案制定提供科学依据和论证意见；严格把关验收检验，确保产品质量稳定可靠；主动协助考察，成功解决了产品临时储存难题。作为具有 30 多年党龄的老党员，杜志明教授带领团队传承北理工红色基因，用科学严谨的工作，用拼搏奋斗的奉献，将北理工人强国报国的志向化作精彩绽放的国庆焰火。

游行彩车——设计有我：在群众游行中，代表澳门特别行政区的彩车由北京理工大学设计与艺术学院杨新、谢勇、崔成三位教师领衔，6名研究生参与的团队设计，在学院大力支持下，师生以高度的使命感、责任感积极投入工作中，历时4个月出色完成设计任务。

该彩车设计围绕新时代国家对澳门的发展定位，以澳门莲花造型为主视觉元素并延伸为彩车车体，用大三巴牌坊等标志性建筑、展现区域特色文化的中央喷泉舞台和LED屏幕内容展示三个部分组成车体。当彩车驶过天安门前，多层次的光影效果，LED对澳门风土人情展示和舞台主题表演融为一体，展现出在中央政府支持下澳门社会繁荣和谐共融的良好发展态势，展现出澳门人民喜迎国庆、祝福祖国的美好心愿，展现出澳门"宜行、宜游、宜乐、宜业、宜居"的美好形象。

一场国庆盛典的台前幕后，无论是国防特色矢志强国，还是立德树人学子担当，抑或瞄准前沿科技报国，都彰显着北理工拳拳报国志。不忘初心，牢记使命，为中国人民谋幸福，为中华民族谋复兴！北京理工大学，永远奋斗！

出品：党委宣传部

来源：北京理工大学计算机学院　机电学院　设计与艺术学院

新华社　央视　北京日报　网络资源

视频剪辑：王征

编辑：韩姗杉

一场大阅兵，为国铸剑有我！
北京理工大学向祖国报到！

推送日期：2019 年 10 月 1 日

中国的昨天已经写在人类的史册上，中国的今天正在亿万人民手中创造，中国的明天必将更加美好。全党全军全国各族人民要更加紧密地团结起来，不忘初心，牢记使命，继续把我们的人民共和国巩固好、发展好，继续为实现"两个一百年"奋斗目标、实现中华民族伟大复兴的中国梦而努力奋斗！

伟大的中华人民共和国万岁！

伟大的中国共产党万岁！

伟大的中国人民万岁！

——习近平

盛世阅兵，军容雄壮，装备威武，祖国万岁。在 2019 年 10 月 1 日上午举行的庆祝中华人民共和国成立 70 周年阅兵式上，我军 59 个方（梯）队接受检阅，受阅官兵总人数达 1.5 万人，各型装备 580 台套，飞机 160 余架，是近几次阅兵中规模最大的一次，一大批受阅装备全新亮相。

其中，北京理工大学参与了多个装备方队、空中梯队的装备研制工作，研发的多项核心关键技术和装备有力地支撑了新质战斗力形成，彰显学校国防办学特色。融入了北理工师生心血贡献的阅兵方队包括：坦克方队、轻型装甲方队、两栖突击车方队、空降兵战车方队、自行火炮方队、反坦克导弹方队、特战装备方队、岸舰导弹方队、舰舰/潜舰导弹方队、舰载防空武装方队、地空导弹第1方队、地空导弹第2方队、野战防空导弹方队、信息作战第1方队、抢修抢救方队、东风–17常规导弹方队、长剑–100巡航导弹方队、东风–26核常兼备导弹方队、巨浪–2导弹方队、东风–31甲改核导弹方队、东风–41核导弹方队、领队机梯队、预警指挥机梯队、轰炸机梯队、舰载机梯队、歼击机梯队、陆航突击梯队。

除此之外，在今年的阅兵方阵中，也有着北理工人英姿飒爽的身影。在国庆70周年大阅兵中，14名北理工在校大学生，光荣地参加了阅兵式预备役部队方队，紧握钢枪通过天安门广场，接受检阅。传承红色基因的北理学子，历经100余天的艰苦训练，克服困难，表现出色，他们展现出了矢志报国的时代担当，在国家盛典中留下了最美的青春风采。

参与预备役部队方队的北理工学子

拳拳北理心，笃行报国志。无论是广场阅兵，还是沙场点兵，传承红色基因的北京理工大学在历次阅兵中、在参与研制的装备数量和深度上，均位居全国高校首位，彰显了家国情怀和报国之志。

2017年建军90周年阅兵时，45个方（梯）队中，北京理工大学共参与了9个作战群中的8个、36个装备方队中的29个方队的装备研制工作。

2015年纪念中国人民抗日战争暨世界反法西斯战争胜利70周年阅兵（简称"9·3"阅兵）时，27个地面装备方队和10个飞行方队中，北京理工大学分别参与了17个地面方队和8个空中方队的装备研制工作，充分展示了学校国防科技创新成果的水平和为武器装备跨越式发展所作出的贡献，并获得了"北京市服务保障工作先进集体"荣誉称号，北京市高校中仅有两所高校获此殊荣。

2009年国庆60周年阅兵时，北京理工大学不断推动基础研究和技术创新成果转化为部队装备，在阅兵的30个方阵中，学校参与了22个方阵的装备设计和研制，参与数量和深度位居全国高校第一。

作为中国共产党创建的第一所理工科大学和新中国第一所国防工业院校，北京理工大学始终不忘初心、牢记使命，服务国家重大战略需求，瞄准世界科学技术前沿，"坚持把先进技术写在祖国尖端武器装备上，把创新成果应用在实现国防现代化的伟大事业中"，潜心研究，勇于创新，培育了一大批国防科技领域的重大科技成果，并直接服务于部队装备建设，为国防科技事业的发展和军队战斗力的提升作出贡献。

不忘初心，牢记使命。在习近平新时代中国特色社会主义思想指引下，为中国人民谋幸福，为中华民族谋复兴！北京理工大学将不辱使命，接续奋斗！祖国万岁！

出品：党委宣传部

来源：北京理工大学科研院　学生工作部　相关学院

央视新闻　新华社　北京电视台

编辑：韩姗杉　戴晓亚

新语北理

微信"地球变脸",北理工技术助力中国气象卫星明辨"风起云涌"!

推送日期:2017 年 9 月 26 日

昨日 17:00,陪伴 9.63 亿用户 6 年的微信启动页"变了"。9 月 25 日至 9 月 28 日期间,用户在微信启动时,可以欣赏到由我国新一代静止轨道气象卫星"风云四号"从太空拍摄的祖国全景。从非洲大陆视角,到地球上的中国,在这背后也有着北理工的一份坚持与付出。

2016 年 12 月 11 日,风云四号气象卫星在西昌卫星发射中心成功发射,这是世界上第一颗静止轨道气象卫星,卫星综合技术性能国际领先!卫星搭载多通道扫描毫米波太赫兹成像仪载荷,最高工作频率 425 GHz。2017 年 9 月 25 日,风云四号正式交付用户投入使用。北京理工大学毫米波与太赫兹技术北京市重点实验室师生参与了风云四号研制过程中的相关工作,攻克了一系列关键技术,取得卓有成效的结果。

精度提高——有效载荷减小

北理工博士生导师胡伟东承担的科研项目"风云四号气象卫星遥

风云四号拍摄的高清图

感分辨率增强技术"可将卫星遥感地面分辨率从 70 千米提高到 38 千米。应用该技术，大气遥感辐射计的可展开天线的口径可从 5 米缩减为 3 米，大大减小有效载荷的体积和重量。此项技术打破欧空局垄断，为我国节约大量资金，此前，欧空局给我国气象局报价为 500 万欧元。

仿真评估——提前预防形变

风云四号卫星采用大口径反射面天线，体积比较庞大，容易受重力、温度、风荷和表面加工误差等因素的影响，使反射面表面发生形变，从而影响遥感图像的精度。

北理工太赫兹遥感团队结合设备参数，搭建风云四号毫米波太赫兹成像仪的系统仿真与评估平台，建模分析空间环境或天线形变等因素导致遥感图像变化的趋势和量化特征，保证系统的最佳工作状态，同时为系统定标和载荷故障定位及运行保障提供依据。

深度学习——改进图像处理

风云四号气象卫星的多通道扫描成像仪的工作频段包括118吉赫、183吉赫、380吉赫、425吉赫，可以获取大气温度、湿度及成像信息。然而微波辐射计由于受到天线尺寸的限制，其固有的空间分辨率较低，限制了更为广泛的应用。

北理工太赫兹遥感团队通过深度学习技术和数据驱动的思想来训练卷积神经网络（CNN）对风云卫星图像进行复原，实验结果表明，本方法能够取得很好的图像复原效果，峰值信噪比提升3~5分贝。此项技术应用于风云四号卫星遥感图像处理，可以大大提高天气预报的精度。

在学校龙腾教授主持的教育部111引智计划新体制雷达研究项目和吕昕教授主持的国家自然基金重大仪器项目支持下，荷兰代尔夫特理工大学教授、俄罗斯外籍院士、IEEE Fellow Leo Ligthart被聘为北理工兼职教授，大大推进了中国在太赫兹遥感技术领域的研究。

微信启动页"变脸"的背后，是千千万万科研工作者的努力和坚持，北京理工大学太赫兹遥感团队为之作出了自己的贡献。

希望下次启动微信的时候，看到地球的"新面孔"，每一位北理工人都能自豪满满，继续奋进！

北理工力量助力微信启动页"变脸"

策划：韩姗杉

编辑：王朝阳　张长鑫

新语北理

方山脱贫摘帽！北理工的方山故事，未完待续……

推送日期：2019年5月1日

山西省吕梁山脉西麓腹地，有这样一处被称为"天然氧吧"的革命老区，被誉为"吕梁后花园"，这里就是国家扶贫开发重点县——吕梁山特困连片区，山西省吕梁市方山县。而这里也是北京理工大学的定点扶贫县。

方山县县城全景

春风吹拂大地，万物欣欣向荣。在这春天里，一个振奋人心的好消息传来，令方山人民和北理工师生欢欣鼓舞——2019年4月18日，山西省人民政府发布通知,包括北理工定点扶贫的山西省吕梁市方山县在内的17个县(区)正式脱贫摘帽!

2015年8月21日,国务院扶贫办联合八家单位印发《关于进一步完善定点扶贫工作的通知》,北理工作为新增的22个中央扶贫单位之一,定点扶贫山西省吕梁市方山县。自此,北理工动员全校之力,整合校内外资源,坚决助力方山县打赢脱贫攻坚战!截至2018年年底,在校地双方的共同努力下,方山县贫困村由118个减至7个,贫困户由20 015户51 486人减至283户670人,贫困发生率由45%减至0.63%,为方山县脱贫攻坚交上了满意答卷。

总动员——吹响脱贫攻坚"北理号角"

让贫困人口和贫困地区同全国一道进入全面小康社会是我们党的庄严承诺!

——习近平

新时代,精准扶贫是党和国家的战略选择。作为中国共产党创建的第一所理工科大学和新中国第一所国防工业院校,近80载砥砺奋进,北京理工大学始终将党和国家的需要,作为自己的初心和使命。

面对定点帮扶方山县的重任,学校党委高度重视,组织全校深入学习贯彻习近平总书记关于扶贫工作的重要论述,并结合"延安根、军工魂"红色基因和吕梁革命老区精神,确定了"红色基因、同根同源"的精准扶贫总基调。

上下同欲者胜,为打赢这场脱贫攻坚战,汇聚合力,画出最大同心圆,北理工全校师生动员起来。学校成立以党委书记和校长为组长的定点扶贫工作领导小组,30余次召开会议研究部署定点扶贫工作,校领导先后共计21次前往方山县调研,现场部署指导扶贫工作。学校统筹人才培养、科学研究、社会服务以及校友企业等方面资源,有效形成了党委统一领导、党政齐抓共管、党政办公室统筹协调、全校各单位全员行动、校友及社会力量广泛参与的全员全方位"大扶贫"格局。

学校先后印发2017、2018、2019年精准扶贫工作计划,颁布《北京理工大学干部校外挂职管理办法》等文件,并组织专家调研形成《方山县脱贫奔小康战略规划(2018—2035)》,为方山县脱贫攻坚工作提供理论依据和技术指导。

3年来,学校共组织全校师生、校友、社会力量2 000余人次开展帮扶工作,学校投入帮扶资金810余万元,引进帮扶资金1 800余万元,培训基层干部900余人次,培训技术人员3 000余人次,购买农产品150万元,帮助销售农产品3 100余万元。此外,学校定点扶贫工作多点开花,特色项目开展有声有色,培育了8家农特创业企业,劳务输出1 000余人次,捐赠设备110套,捐赠图书5 000余册,赠送服装1 032套。学校扶贫工作得到山西省和吕梁市党组织和政府高度肯定,多次作为典型案例被媒体广泛报道。

出实招——构建精准扶贫"北理模式"

打赢脱贫攻坚战,需要出招精准,招招落实。秉承"全员全方位扶贫"工作理念,学校健全精准帮扶工作制度,突出重点、全面发力,构建了以教育扶贫、科技扶贫、产业扶贫、公益扶贫为主体,以党建扶贫贯穿始终的"4+1"北理工精准扶贫体系。

"志智"双扶拔穷根

扶贫先扶志,治贫先治愚。3年来,学校充分发挥"双一流"大学在教育和人才方面的优势,聚焦教育扶贫,用优质的教育资源激发和增强方山县贫困群众内生动力,为阻断贫困代际传递贡献北理力量。

"去年,我们就带着孩子去参加北理工的暑期学校了,今年网上报名更方便了。希望通过暑期学校能够培养孩子的学习兴趣,增强学习信心。"2018年7月14日,方山北理工暑期学校又迎来开学的日子,众多家长从全县各地赶来报名。

方山北理工暑期学校是北京理工大学打造的教育扶贫品牌工作项目。自2016年7月1日开学以来,3个暑假,共有370余名北理工师生为3 000多名方山中小学生提供了剪纸、书画、机器人、无人机等丰富多彩的课程。目前,方山北理工暑期学校已经成为方山县青少年素质教育的重要平台之一,在方山县深受欢迎,产生了广泛的社会影响。2018年,暑期学校还组建了首期"方山北理工暑校之星"北京夏令营,将暑期学校的教育延伸到首都北京。不一样的学习体验,开阔了学生们的视野,帮助其打开梦想的大门。

此外,北理工还向方山县派驻研究生支教团,连续3年共选派3批24名优秀研究生赴方山县实施长期支教志愿服务;设立多项精准扶贫奖助学金,累计投入40余万元,300余名贫困学生获得资助;建立了"爱心书屋"等多个教育实践基地。

立体式多层次也是北理工教育扶贫的特点,学校策划实施了"情系方山·扬志立渔"立体式扶贫培训专项项目;通过"红烛点亮助力计划""星火致富助力计划""公仆领航助力计划"等一系列"走出来""请进去""送上门"的培训,完成了对方山县中小学校长、电子商务创业人员、县乡村三级领导干部的培训全覆盖。

"靶向出击"促转型

科技扶贫,是高校的优势所在。北理工在科技扶贫方面始终坚持精准对接、精准施策,尽锐出战,助力县域经济转型升级。

"北理有技术,有人才,帮助方山企业转型升级,实现跨越,是我们的目标。"当前,方山县处于经济转型发展关键时期,北理工优势科技资源可有效填补方山县民营企业一直面临的技术和人才缺口。3年来,来自北理工的50余名知名教授专家,先后6批次实地调研方山民营企业,为其出谋划策。目前,北理工已在球墨铸造、耐火材料与超级电容、生物提取、煤矸石粉煤灰循环利用等新领域与方山县企业实现技术升级对接，促成凌云集团等知名企业与庞泉重工等方山县企业达成合作。在学校的全力帮扶下，企业科技有了新突破，产品有了新销路，企业实现了新跨越。

常务副校长梅宏院士和校友樊邦奎院士、王沙飞院士、吴建平院士、廖湘科院士等作为吕梁市转型发展专家顾问和大数据发展咨询委员会委员，先后奔赴吕梁，为吕梁发展大数据产业把脉问诊，促使吕梁由"挖煤"变为"挖数据"；学校与吕梁市签署《关于数字扶贫方山县的合作框架协议》，推进方山县数字旅游建设、智慧旅游建设；在北武当镇打造"画家村"艺术画廊，推广县域旅游。

产业"造血"助增收

产业兴则经济活，经济活则农民富。3年来，北理工大力支持方山县发展技术型和劳动密集型产业，实现家门口创业就业，以创业带动就业，以就业实现脱贫，精准发力，以肉牛养殖和电子商务为支点，撬动县域特色产业发展，持续提升"造血"功能。

2016年11月22日，北理工校友企业恒都农业集团与方山县正式签订战略合作协议。2018年学校、企业、地方三方联合成立"北理工方山肉牛产业工作站"，依托方山县2万头肉牛育肥基地，计划以肉牛惠农收购为基础，开展肉牛育肥、加工、销售等全产业链合作，实现"一个口子进牛、一个基地育肥、一个渠道销售"。目前，全县牛存栏达2.8万头，实现了建档立卡户"户均一头牛"，每头牛将增收超过1 000元。

北理工为方山经济打造了电子商务的新引擎。2017年，北理工派驻挂职干部牵头完成方山县电子商务的顶层设计和规划，推进实施"国家电子商务进农村全国示范县"项目。在北理工的帮扶下，方山县走出了"电商+X"的电商扶贫新路子，"电商+龙头企业（合作社）+农户"产业扶贫、"电商+扶贫车间+X产业"就业扶贫、"电商+双创基地+企业孵化"创业扶贫相结合的全新模式为方山县脱贫攻坚插上了"互联网+"的翅膀。截至目前，方山县已引进京东金融等帮扶资金1 500万元,建成可承载70 000件/天的物流配送中心,全县物流配送成本降低50%。依托"一方粮川"等公共品牌,累计销售农特产品超3 100万元,惠及贫困户超2 100人。

产业扶贫是扶贫工作由"输血式"向"造血式"转变的重要手段。北理工因地制宜,聚焦劳动密集型产业和劳动力转移:累计投入45万元在异地移民搬迁安置点建设"扶贫车间",并依托校友企业开展订单式"服装加工",每年至少带动500名贫困人口增收2万元以上,使易地扶贫搬迁真正"搬得出、留得住、能致富";成立线上合作社、孵化京工方绣品牌,让农村妇女刺绣编织的"金手艺"转化成"金受益";助力推广"吕梁山护工",北理工工作站帮助吕梁山护工就业600余人次,实现贫困人口每年稳定增收3万元。

惠民公益暖人心

扶贫融真情,爱心无止境。贫困群众的"表情包"始终是扶贫工作的"晴雨表"。北理工始终将人民群众放在扶贫工作中心,团结社会扶贫力量,开展公益扶贫。

在方山县峪口镇桥沟村日间照料中心的餐厅里,10多位老人边说边笑,津津有味地享用着肉烩菜和大米饭。从2018年12月初开始,桥沟村70岁以上的老人、1至2级残疾人、五保户按照每人15元的标准免费吃上了早餐和午餐。"现在一到饭点就来餐厅吃饭,还不用花钱,真是做梦也没想到!"74岁的老党员严根虎介绍,村里提供的早饭有小米粥、汤面、煮鸡蛋和牛奶,午饭有肉菜和大米饭、面条等。不花钱,味道好,无论就餐环境还是服务态度都非常贴心,吃着也暖心。暖心的举措背后,是北理工针对村中老人因其子女外出打工,无人照料早餐午餐的情况,精准实施的"暖心"公益扶贫举措。"每月学校提供1万元的费用,不足部分再由村里自己解决。"来自北理工的桥沟村第一书记刘伟光介绍说。

为特殊群体提供早餐和午餐,是北理工暖心帮扶的一个缩影。为青少年捐赠图书、给贫困户送温暖、开展医疗帮扶、建设健康小屋……"暖心窝"的实在事不胜枚举。方山县人民笑称："北理工这门远亲是我们向幸福进发路上的贴心人！"

暖心汇聚大爱，在脱贫攻坚工作中，北京理工大学教育基金会也充分发挥公益属性和优势，不断促进社会帮扶资源汇聚发力，取得明显效果。2018年，北理工教育基金会与中国红十字基金会、腾讯公益慈善基金会一起，受到民政部的通报表扬。

敢创新——打造桥沟模式"北理品牌"

2019年3月6日，方山县桥沟村村民薛其平一大早又跑到大棚摘西葫芦，这个七分地的大棚，春节以来，上市蔬菜已经收入16 000多元，这让薛其平笑得合不拢嘴。

桥沟村，是北理工定点包联的贫困村，"十年九旱，靠天吃饭"曾是这里的真实写照。2015年，全村人均年收入仅有3 000多元，建档立卡贫困户共有37户127名。正是在这里，北理工派出的挂职干部们传承"延安根、军工魂"的红色基因，扑下身子，用自己的才干接续书写出"桥沟模式"这一北理工扶贫报国的精彩篇章。3年来，学校通过各项精准扶贫措施，为村集体和农户创收超100万元，桥沟村于2017年实现了整村"脱贫摘帽"，2018年贫困发生率降为0%。

2016年起，北理工驻村第一书记坚持问题导向，充分调研，立足实际，创造性地提出了以政府推动、集体主导、农民参与、社会支持、市场运作的"桥沟模式"，打造了桥沟村脱贫致富的源动力。实效明显的"桥沟模式"也被国务院扶贫开发领导小组等各级单位高度认可并广泛推广。2018年，在北理工专业团队的建议下，桥沟村利用新开垦的110亩土地，搭配种植果树6 268株，并在果树之间种植柴胡等中药材，散养蛋鸡，构建了完整的果园"生态链"，成功打造了"林畜结合"的立体性采摘果园，"桥沟模式"再升级。

"桥沟模式"发挥成效，并不仅仅是聚焦发展问题，还聚焦贫困村的干部群众思想问题。例如针对桥沟村党组织生活不严格、支部战斗堡垒作用不明显等问题,驻村第一书记就将北理工"党群零距离"经验引入桥沟村,完善党员责任帮扶贫困户制度并建立党员干部轮岗值班制度,发挥基层党员在脱贫攻坚中的先锋模范作用。通过3年多的建设,桥沟村党支部的凝聚力和战斗力显著增强,连续被评为吕梁市"五个好"党支部和方山县脱贫攻坚先进基层党组织。

如今,走进方山县峪口镇桥沟村,绿色覆盖满山,累累果实挂枝头;村落整齐划一、窗明几净,环境优美宜居……一幅欣欣向荣的乡村新画卷正徐徐拉开。

有作为——展现扶贫路上"北理担当"

在北理工的扶贫攻坚工作中,有这样一群人,他们告别妻儿、离开北京,一切为了祖国需要,他们四处奔走、洽谈合作,只是为了帮助方山从贫困中突围,他们跑山蹚沟、驻村住村,完全为了老乡们的安康生活……他们,有个共同的名字——北理工扶贫干部。

学校先后选派了驻方山县挂职副县长刘博联、赵汐,驻方山县桥沟村"第一书记"刘渊、刘伟光。

脱贫攻坚,需要逢山开路、遇水架桥的魄力与担当。北理工两任挂职副县长刘博联、赵汐接续奋进,发展农村电商、创办暑期北理工学校、筹建扶贫车间、引进校友企业……他们准确抓住校地优势的精准衔接点,勇于创新、甘于奉献,为方山脱贫提供方向、开辟渠道、添加动能。

脱贫攻坚,需要安下心、扎下根、带好头。北理工两位驻桥沟村第一书记刘渊、刘伟光,匍匐实干一心为民,深入田间地头,成为农民群众最熟悉的外来人、最信任的带头人、最贴心的解忧人。而他们最常说的一句话是:"咱们是自己人!"

"过些年孩子长大了,我要带她来桥沟村看看,告诉她这个美丽乡村,是爸爸奋斗过的地方。"刘伟光驻村300日,妻子怀孕无法陪伴照顾,甚至孩子出生时都没能守在家人身边,这位桥沟村民爱称的"小刘书记"，在即将离开桥沟村时充满感情地说道："我永远是桥沟村人。"

北理工挂职干部们的勇于创新、甘于奉献，获得了方山县干部和群众的一致认可，其中刘博联获评2018年中央和国家机关脱贫攻坚先进个人。

脱贫攻坚，是一场号角嘹亮的使命之战，北理工全校动员，团结各方，群策群力，倾情参与，聚沙成塔……脱贫攻坚，是一场深谋远虑的尽锐之战，北理工志智双扶，精准发力，使命担当，授人以渔，标本兼治……传承红色基因的北理工，不忘初心、牢记使命，与方山县人民一起，以一流的标准和一流的实绩，将脱贫攻坚这篇大文章，书写在吕梁革命老区的红色土地上！

2019，方山县顺利脱贫摘帽，北理工定点帮扶写下精彩的"逗号"，不是终点，而是全新的起点。巩固脱贫成果，全面迈向小康，北理工与方山的精彩故事仍将继续上演，未来可期！

出品：党委宣传部
供稿：韩姗杉
摄影：方山县　北京理工大学
编辑：戴晓亚　张楠

媒体大咖话北理 | 北理工"小基因"引发"大关注"！

推送日期：2017年6月5日

6月4日凌晨5时7分，由北京理工大学生命学院邓玉林教授团队研制的"空间环境下在PCR反应中DNA错配规律研究的科学载荷"在美国肯尼迪空间中心，乘坐"龙"飞船飞往国际空间站。该载荷将在空间辐射及微重力环境下，在轨开展为期一个月的抗体编码基因的突变规律研究。飞船计划于美国时间6月6日与国际空间站进行对接，项目的顺利实施，将是中国空间科学项目首次登入国际空间站，标志着中美空间科学合作取得了"零"的突破。根据双方协议，美方将把北理工校旗带到国际空间站，未来宇航员将在空间站内展开，这是中国高校校旗首次出现在国际空间站内，意义深远。

学校党委宣传部提前半年密切跟踪新闻线索，积极策划，做好媒体联络组织工作，确保媒体对学校在美科学项目的动态关注。此次学校在中美空间领域合作所取得的突破和贡献得到国内外各大媒体的关注与支持。新华社在第一时间发布breaking news（突发新闻），央视进行全程新媒体直播，当时超过6万观众收看直播。中央电视台《新闻联播》《东方时空》等栏目，中国国际电视台、北京电视台等电视媒体多次报道，新华社、《人民日报》《光明日报》《北京日报》《环球时报》《中国教育报》《科技日报》《中国科学报》《中国青年报》《大公报》《文汇报》《北京晚报》《北京青年报》《法制晚报》等主流平媒在头版或各大版面头条进行报道，新华网、央视网、人民网、光明网、环球网、中国青年网、凤凰网、腾讯网、网易、新浪、千龙网等数十家网络媒体先后发布报道，目前各类媒体共计发布及转载报道 600 余次，引起社会各界广泛关注。

相关电视媒体报道

【新华社·北京】中国科学实验项目将首次登上国际空间站开展基因突变规律研究

新华社北京 6 月 4 日电（记者魏梦佳、李江涛）由北京理工大学邓玉林教授团队研制的"空间环境下在 PCR 反应中 DNA 错配规律研究的科学载荷"于美国时间 3 日下午搭载"龙"货运飞船飞往国际空间站。据悉，这将是中国空间科学实验项目首次登上国际空间站。该载荷将在空间辐射及微重力环境下，在轨开展抗体编码基因的突变规律研究。

记者日前从北理工获悉，此次进驻国际空间站的载荷，是在科技部重大科学仪器开发专项和国防科工局民用航天专项支持下，由北京理工大学生命学院教授、国际宇航科学院院士邓玉林带领团队自主创新研制。据悉，这是该团队所研制的载荷继2011年"神舟八号"搭载、2016年"长征七号"首飞搭载以及2017年"天舟一号"搭载之后又一次实现"太空之旅"。此次北理工载荷将被带入国际空间站美国实验舱，实验数据将传回给研究人员进行后续科学研究。

据悉，空间飞行过程中航天员将面临多种健康威胁，其中空间辐射和微重力是导致航天员生理功能失调的重要因素。邓玉林教授介绍，早在"神舟八号"载荷实验的研究中，团队就发现了在空间环境中DNA变异的一些新现象，从而推断空间环境之于基因突变可能与生物分子进化有着重要联系。

"鉴于抗体是人体中较为保守的重要生物学元素，我们提出大胆设想，将抗体编码基因片段作为研究空间环境对分子进化影响的模型。"邓玉林说，"我们希望通过此次空间实验进一步了解空间环境对基因突变的影响和规律。"

团队主要成员、北京理工大学生命学院副教授李晓琼介绍，此次载荷是采用微型微流控PCR仪，对抗体DNA片段进行在轨飞行状态下的基因扩增，来模拟人类生命的延续与发展。在空间飞行结束后将分析基因突变规律，进而探讨空间辐射及微重力环境下的基因诱变机理。

据了解，本次搭载共有两组12块芯片，将对20个基因在空间环境下进行突变规律的研究。由于温度过高会给芯片带来巨大的压力，容易产生破裂，为此，研究团队采用技术手段突破了在太空变温条件下实现基因扩增的技术难题。

【人民日报】我自主研制科学实验载荷首登国际空间站
在轨开展抗体编码基因的突变规律研究

本报北京6月4日电（赵婀娜、辛嘉洋）北京时间6月4日凌晨5时7分，美国太空探索技术公司（SpaceX）用"猎鹰9"火箭发射"龙"货运飞船，第十一次为国际空间站送去补给和实验设备。其中，备受瞩目的是一项中国自主研制的科学实验，这就是由北京理工大学邓玉林教授团队研制的"空间环境下在PCR反应中DNA错配规律研究的科学载荷"，该载荷将在空间辐射及微重力环境下，在轨开展抗体编码基因的突变规律研究。

据了解，本次搭载共有两组12块芯片，将对20个基因在空间环境下进行突变规律的研究。研究团队采用技术手段突破了在太空变温条件下实现基因扩增的技术难题。这一创举，一方面标志着我国自主研制科学实验首次登入国际空间站，另一方面，也标志着中美空间科学合作取得了"零"的突破。

其他相关媒体报道

部分视频报道

【央视新闻联播】北理工实验仪器成为中国首登国际空间站科学项目

【央视新闻联播】北理工独立设计实验仪器首登国际空间站项目

【央视东方时空】中国独立科学实验首次登上国际空间站

【新闻直播间】国际空间站将迎首个中国实验项目

【中国新闻】北理工实验仪器成为中国首登国际空间站科学项目

【中国国际电视台】US, Chinese scientists collaborate on historic space experiment

【中国国际电视台】SpaceX launches Chinese experiment device, other supplies to space station

【中国国际电视台】SpaceX's CRS－11 mission to allow China's first scientific project aboard ISS

【北京新闻】北理工科研项目首次登上国际空间站

【北京电视台特别关注】中国独立设计实验首次飞向国际空间站

部分平媒报道

【新华每日电讯】中国"小基因"国际大旅行 中国自主研制科学实验首次"飞向"国际空间站

【人民日报－头版】我自主研制科学实验载荷首登国际空间站

【人民日报】北理工自主研制的空间生命科学载荷搭乘"龙"飞船一飞冲天 中国实验首访国际空间站（新知）

【光明日报－头版】我科学实验项目首登国际空间站 开展基因突变规律研究

【北京日报】国际空间站首迎中国实验项目

【中国教育报－头版】北理工科学载荷乘坐美国飞船登上国际空间站 "小实验"牵手中美太空大合作

【科技日报－头版头条】我科学实验项目首次登上国际空间站 用作基因突变研究的是两个小"魔盒"

【环球时报】中美太空合作实现"零"突破

【大公报】中国实验首登国际太空站

【文汇报】中国实验项目将首登国际空间站 开展基因突变规律研究

【中国妇女报】中国实验项目首登国际空间站

【北京晚报】中国实验项目首次进入国际空间站

【北京青年报】中国实验项目首访国际空间站

【法制晚报】中国实验首登国际空间站 北京理工大学邓玉林教授团队研制开展基因突变规律研究

【北京晨报】中国实验首登国际空间站

【新华日报】中国科学实验首次登上国际空间站 通过商业模式运作，有望为中美太空合作"破冰"

【劳动午报】中国"小基因"的国际大旅行——中国自主研制科学实验首次"飞向"国际空间站

部分网媒报道

【新华社】中国"小基因"的国际大旅行——中国自主研制科学实验首次"飞向"国际空间站

【新华社】中国科学实验项目将首次登上国际空间站 开展基因突变规律研究

【新华社】简讯：中国独立设计实验首次飞向国际空间站

【新华网】中国实验首访国际空间站

【央视新闻·微信】首次！中国实验项目搭乘"龙"飞船，飞向国际空间站！

【人民网】中美太空合作"零"的突破！北理工科学载荷登上国际空间站

【央视网】中国实验项目将首次登上国际空间站 研究基因突变规律

【光明网】中国自主研制科学实验首次登上国际空间站

【光明网】中国"小基因"的国际大旅行——中国自主研制科学实验首次"飞向"国际空间站

【环球时报·环球网】中美太空突破0合作 北理工科学载荷登国际空间站

【科技日报网】搭乘龙飞船，首个中国实验项目登上国际空间站

【中华人民共和国国防部网站】中国独立设计实验首次飞向国际空间站

【参考消息网】中美太空合作"零"的突破！北理工科学载荷登上国际空间站

【中国教育新闻网】北理工科学载荷乘坐美国飞船登上国际空间站 "小实验"牵手中美太空大合作

【科技日报·微信】中美空间领域30年首次合作！今天，中国的芯片实验室随龙飞船奔赴国际空间站｜周末特别策划

【今日头条】搭乘龙飞船，首个中国实验项目登上国际空间站

【中国青年报·中青在线】中国空间科学项目首次登入国际空间站

【中国青年网】中国实验项目将首次登上国际空间站

【新民晚报·新媒体】中国自主研制科学实验首次"飞向"国际空间站

【中国社会科学网】中国独立设计实验首次飞向国际空间站

【凤凰网】中国独立设计实验首次飞向国际空间站

【新浪网】中国独立设计实验首次飞向国际空间站

【腾讯网】中美太空突破0合作　北理工科学载荷登国际空间站

【千龙网】中国实验项目首次进入国际空间站

北理哪吒 | 这尊未来范的"重装机甲"真真霸气，BIT – NAZA！

推送日期：2017 年 12 月 18 日

"北理哪吒（BIT – NAZA）"的项目最早诞生于 2014 年 12 月，数位来自北理工自动化学院运动驱动与控制研究团队的研究生，在学习研究中，在团队一体化高精度电动缸驱动与控制的研究基础上，瞄准科技前沿，经过老师指导，创新性地提出具有六自由度运动平台"倒置为足"方案。之后经过两年的建模、仿真、设计与改进，最终将创新的思想，变为了一款可实现轮式、足式和轮足复合式运动的电动并联式轮足机器人——北理哪吒。

"上下颠倒"跳出华丽舞步

当前，移动机器人应用领域的迅猛扩展对其运动性能要求日益提高，要求机器人具有很好的运动速度、稳定性、负载能力和地形适应性，而单纯的足式运动、履带或轮式运动均难以同时满足上述要求。

自动化学院运动驱动与控制研究团队曾在 2010 年参与了国家"863"计划项目——液压四足机器人协同驱动控制研究。课题组的研

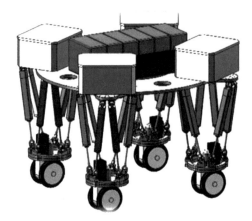

北理哪吒仿真模型

究生们正是通过对四足机器人的研究，在指导教师的鼓励和指导下，大胆提出了一个"颠覆"性的技术方案，即将通常使用的并联式六自由度平台"上下颠倒"，化"台"为"腿"，并在"腿上"加装轮足机构。这一填补了国内外四足机器人研究空白的方案，极具创新性，堪称"北理工首创"。

然而，创新从来都不是空中楼阁，之所以能够产生"上下颠倒"的创新想法，离不开团队在并联式多自由度平台方面多年积累的研究优势，深厚的学术土壤，才让同学们的创新种子得以开花结果。

多自由度平台就是一种完全再现物体在空间六个自由度运动的可控机械装置，而这种再现还必须实现高精度、高频响和高稳定性等要求。另外，由于装置中杆件之间还有相互影响，所以研究难度远远大于我们熟悉的机械手臂等串联式平台。而北理哪吒的每条单腿都是一个由6根电动缸组成的六自由度平台，不仅要确保每条腿本身的运动协调，还要考虑四条腿一起运动时的控制协调，24根电动缸的"和谐共处"给项目带来巨大挑战。

"我们需要解决单腿的控制，四条腿的协调控制、减震设计以及环境感知等一系列问题，才能真正实现机器人的自主判断及自主控制，这也是我们从提出思路到做出样品中间做了那么长时间仿真模拟的原

北理哪吒六足机器人

因,需要考虑的检测量和控制量实在是太多了。"说起设计过程,团队中的刘冬琛同学不无感慨。

除了做好运动协调,为腿上加装轮足装置,又是一个新的技术难点。加装轮足装置,可以让机器人的通过性、灵活度等变得更强,但在"走路"的时候,却需要有体积足够小,质量足够轻的锁死装置将所有轮子锁死,这是一个不小的难题。经过长时间的精确计算和多次仿真模拟,同学们才终于攻克这个问题。

正是这种创新的"倒置"设计,再穿上"风火轮",北理哪吒实现了轮式、足式和轮足复合式运动,综合起来能够实现轮式运动、原地转动、变轮距运动、变高度运动等10种"华丽舞步",不仅能自由"走跑",还能根据障碍情况,或"劈腿矮身",或"旋转滑步",可谓灵活非凡。

威风"哪吒",功夫出在腿上

"这个机器人最大的特点是在腿上,就像脚踏风火轮的哪吒一样,风风火火,各种困难险阻都能跨越。"说起"哪吒"这一名字的由来,指导教师王军政教授笑称道。谈笑之间,却点明了这款机器人最关键的环节就是出色的运动驱动系统。

北理哪吒由运动驱动系统和控制系统、环境感知系统、组合导航系统、能源动力系统等组成。运动驱动系统是"腿脚",由一组组杆状机构组成,造型酷帅。外行看热闹,内行看门道,殊不知,正是这一根根"杆件"才是北理哪吒的核心技术——一体化电动缸。机器人实现灵活丰富的运动、大承载力和良好的主动隔振效果,高功率密度一体化电动缸是其中的关键。

不同于液压缸和气动缸是依靠液、气的压力作为驱动力,电动缸依靠电机和丝杠等机械装置,将伺服电机的旋转运动转换成直线运动,具有高强度、高速度、高精度定位,运动平稳,低噪声等优势。自动化学院运动驱动与控制研究团队长期以来依托军工研究优势,不仅成为国内最早开展多自由度运动平台的研究力量,并且逐渐在一体化电动缸方面形成研究优势,孕育一批重要的研究成果。

在此基础上,团队学生们才能大胆创新,将这个"颠覆"方案从设想变作现实,采用新型高功率密度一体化电动缸,将电机轴与丝杠杆结构合一,不仅外形更为紧凑,而且在驱动能力方面也实现较大提升。

本次参加全国"挑战杯"的北理哪吒,采用轮式滑行,最大速度可达每小时30公里,轮距可在0.5米到1米之间调整,机身高度可在1.2米到1.5米之间调整,最大爬坡角度为25°。机器人四个轮子可独立驱动,顺、逆时针原地可旋转;在遇到障碍物时,可自动调整轮距和底盘高度实现越障。同时,也可通过环境感知系统探测路径,自动实现直线、90度转弯以及S形弯道等循迹运动。

足式运动"行走"时,北理哪吒的最大速度为每小时 4 公里,最大步幅 0.3 米,最大抬腿高度 0.2 米。由于结构中心对称,机器人能够"纵横"漫步,自由向任何方向直接移动;如果地形复杂,机器人凭借脚上的触觉传感器,还可以在不平地面上漫步行走。

"平坦路面时,采用轮式运动,速度快、能源效率高,而复杂路面时,采用足式运动,环境适应性强、越障能力好。轮足复合运动时,机器人可以实现主动隔震并实时调整,保证水平稳定。"北理哪吒能自主切换运动模式,适应不同的环境,这样的"腿功"离不开团队在复杂运动控制理论方面的深厚积累。

一碗水能端"平"的"大力士"

北理哪吒并不是一台"为走而走"的机器,这在同学们策划项目之初,就在老师的指导下有所考虑。创新方案设计,也赋予了其在承载力和隔震效果方面惊人的潜力。

这台北理哪吒机器人,总功率为 15 千瓦,最大承载力达到 300 公斤,四个成年人直接乘坐,运动自如,如此负重续航可分别达到足式运动 1 小时、轮式运动 2 小时和轮足复合式运动 45 分钟。从负载重量与功率比来看,表现出色,潜力巨大。

除了出色的负重能力,要想成为有效的工作平台,还必须要确保平稳,否则其应用也将大打折扣,但在目前机器人研究中,要实现兼顾通过性、负重能力和隔振性能,可谓挑战巨大。

北理哪吒由于使用倒置并联多自由度平台和轮足相结合作为支撑,特别是性能出色的一体化电动缸作为基本驱动装置,充分发挥了其控制准确、精度高的特点,使得动作过程平稳到位。而在最能考验隔震效果的轮足复合运动过程中,对震动可实现快速响应,"瞬间"化解冲击,确保平台的整体平稳。因此,北理哪吒是一位能将一碗水端"平"的"大力士",名副其实。

除了以上的"神力",团队还为北理哪吒安装了 GPS、激光雷达和双目视觉功能的组合导航系统。由于运动方式灵活、能源效率高、地形适应性强和负载能力大等优势，北理哪吒应用前景广泛。例如在军用领域，既可以作为移动式无人武器平台，加装侦察、火力装备等，也可以作为战地后勤保障机器人或步兵班组支援系统，实现在平整道路上的快速突进和复杂地形下的稳定行进，大负载能力可满足包括步兵班组装备携带等战地后勤需求。而在民用领域，可以在复杂地形下，实施抢险救灾和资源勘探，还可以为残障人士提供服务保障等。

　　北理哪吒并不似神仙腾云驾雾，也没有花哨的三头六臂，原始创新的背后，并无太多传奇。北理工学子们脚踏实地创新研究的基础，来自多年服务军工国防中积淀的学科优势，科学严谨、鼓励创新的学术氛围，和指导教师的循循善诱。而参与创新项目的同学们，更深深懂得，不仅要埋头于实践中扎实钻研，把研究踏实做透，也要抬起头关注前沿，瞄准一流。

供稿：王征　韩姗杉

摄影：自动化学院

编辑：张长鑫

新语北理

央视《新闻联播》来打call！我理这项技术让你成为"深海勇士"

推送日期：2018年11月24日

在国家博物馆举办的"伟大的变革——庆祝改革开放40周年大型展览"上，参观者可以走进北理人打造的大国重器——"深海勇士"号载人潜水器，并亲手操作，体验"真实"下潜，漫步几千米深的海底，全方位、多角度体验深海探索的奇妙旅程。

11月22日中央电视台《新闻联播》，关注了这款由北理工虚拟现实技术带来的先进全景体验装置——"深海勇士"号全景互动体验装置，它仅需通过VR眼镜和遥感器操作，就可以带你轻松"下潜"深海！

"深海勇士"是我国第二台深海载人潜水器，去年10月份完成全部海上试验任务，是一款当之无愧的"大国重器"！展览中，为"深海勇士"号互动体验模型装上"直播镜头"的全景互动体验装置，是由北京理工大学计算机学院副院长、数字媒体与仿真研究所副教授陈杰浩带领的科研团队研发制造的"深海勇士"号载人潜水器VR软件科普平台。

这套"深海勇士"号全景互动体验装置，在国家博物馆举行的"伟大的变革——庆祝改革开放40周年大型展览"中一亮相，就赚足

北京理工大学计算机学院副院长、数字媒体与仿真研究所副教授
陈杰浩向央视记者介绍全景互动体验装置

了"人气"和"好评"!

  高度重视科学普及,是习近平总书记关于科学技术的一系列重要论述中一以贯之的思想理念,强调要把科学普及放在与科技创新同等重要位置。由于缺乏相应的技术与平台,海洋科学知识对于普通民众的普及程度是比较浅的,深海对于大众依然是一个漆黑、神秘而又陌生的世界。

  载人潜水器是打开海洋深渊科学这个未知领域大门的重要桥梁。针对此,受中国科学院科学传播局和本次展览主办方的委托,北理工计算机学院科研团队研发了一套"深海勇士"号载人潜水器VR软件科普平台,助力"深海勇士"号揭开其神秘面纱。

  该科普平台可以让大家可以全方位、多角度、实时感知载人潜水器下潜过程,与载人潜水器一同在海底漫步,亲身体验深海探索的奇妙旅程,更好地引导大众关心海洋、认知海洋并且了解海洋。

  为了模拟实际"深海勇士"号载人潜水器海试场景,本套VR软

正在作业中的"深海勇士"号

件科普平台共通过三维场景建模与仿真、复杂信息融合、3D 渲染管线等技术，精准渲染出潜水器在下潜、水下航行、水底作业的各种运动状态以及周边环境的三维仿真动画，并通过 pc 系统、移动终端及 VR 互动装置予以全方位、交互式的呈现。戴上这套 VR 软件交互装置，科普体验者仿佛自己亲赴海洋世界，时而近距离观察慵懒漫游的海龟，时而穿梭在梦幻瑰丽的水母群中，时而又可以与活泼可爱的鱼群嬉戏，身临其境感知各种真实而又美妙的海底场景。

作为新中国第一所国防工业院校，北京理工大学始终将服务国家重大战略、瞄准世界前沿科技作为使命与追求。这次将我们"带入深海"的陈杰浩科研团队，就是来自北京理工大学的"数字表演与仿真技术北京市重点实验室"。

"未来，北理工将继续利用信息化技术、虚拟现实技术和增强现实等计算机技术，为民众提供一个能身临其境地感知我国海洋探索实力的科普平台，为我国的深海探索事业、智慧海洋事业建功立业。"

北京理工大学数字表演与仿真技术北京市重点实验室近 10 年在军民两用方面承担了多个国家重大项目和任务，其中包括 2008 北京奥运数字仿真与预演系统、国庆60周年群众游行仿真设计&训练与指挥系统、国庆60周年联欢晚会数字仿真系统、抗战胜利70周年纪念大会观礼人员服务管理系统研发和服务、抗战胜利70周年纪念大会气球施放设计和控制仿真系统、国家科技支撑计划——舞美设计与布景彩排关键技术研究与系统、2018年平昌冬奥会《北京8分钟表演》数字仿真与预演系统、4 500米载人潜水器等，并自2010年至今连续9年以科技助力央视春晚，取得了包括论文、专利、奖励等多项成果，培养了大批新型复合型人才，与中央电视台、中央歌剧院、北京电影学院共同成立协同创新实验室，对我国文化创意产业的发展起到重要的支撑促进作用。

出品：党委宣传部
来源：央视网　计算机学院
编辑：戴晓亚

又叒叕登陆央视，CCTV 讲述北理工精彩的中关村故事

推送日期：2019 年 10 月 24 日

近日，科技报国的北理工又叒叕登陆中央电视台啦！CCTV–2《经济半小时》专题报道了在"中国硅谷"中关村，一代代北理工人正在用科技创新，缔造时代"传奇"！

北京中关村，作为第一个国家级高新技术产业开发区和国家自主创新示范区，自改革开放起，便吹响了科技改革的号角，成为孵化高新技术企业的沃土，吸引了国内外一批明星企业，是中国最为著名的高科技产业聚集地。如今，中关村区域已有 90 多所院校，400 多所科研机构，20 000 多个创新型的科技企业，源源不断地向社会输出科技型人才。

抢抓机遇——走在高校科技成果转化前列

2009 年，国家批准设立了中关村国家自主创新示范区。北京理工大学抢抓历史机遇，在中关村自主创新示范区 "1+6" 先行先试政策支持下，在国内高校中率先开展了科技成果转化体制机制改革创新，重点探索了具有北理工特色的"学校技术入股+股权奖励+团队现金

入股"学科性公司成果转化模式,培育了理工雷科、理工华创等典型企业,取得良好的社会效益和经济效益,得到了广泛认可,成为高校科技成果转化领域的典型代表,并为后续深化改革创新奠定了坚实基础。

北京理工大学技术转移中心办公室

"让专业的人干专业的事",促进科技成果转移转化,离不开专业化技术转移机构和团队的支撑保障。2016年年初,学校组建了"北京理工大学技术转移中心",作为负责学校科技成果转移转化业务的专门机构,独立运行,同时成立"北京理工技术转移有限公司",作为技术转移中心的市场化运行平台,从而建立了事业化管理与市场化运营相结合的、具有北理工特色的技术转移机构运行机制。

最近5年,北京理工大学创办公司转化项目的数量是过去20年的总和。

传承创新——书写科技报国志

中国工程院院士毛二可,1952来到北京理工大学学习、教书、科研,已经在北理工生活了60多年,见证并参与了北理工多年来的创新创业发展。

中国工程院院士、北京理工大学信息与通信工程学科教授毛二可

2009 年，毛二可院士带领团队创建了"理工雷科"，是学校批准设立的首批学科性公司，也是中关村自主创新示范区股权奖励的第一个成功案例。公司组建以来，在科技成果转化方面表现突出，所转化科技成果广泛应用于国家安全和国计民生等重大领域。

这是光学系的老师和研究成功的天象仪，当时是填补了国内的空白，他们抬着天象仪的大图，上面写着"向科学进军"，在校园里游行，大家当时的心情是非常激动的。那个时候，国家需要，大批懂科研技术的人才都很发奋，特别想做出成绩来！

——毛二可

敢为人先——用创新成果服务国家

"柔卫甲"柔性防爆技术，由北理工爆炸科学与技术国家重点实验室黄广炎教授领衔研制。该技术克服了传统防爆装置重量大、能力弱、附带伤害大等先天不足，是一项具有革命性的创新技术，具有广阔的市场前景。

2017年6月起,"柔卫甲"在学校技术转移中心的全程帮助下,正式开启产业化历程,短短一年多时间,"柔卫甲"柔性防爆技术就成功实现产业化,并入选公安部反恐装备遴选计划,在全国"两会""一带一路"国家外警培训等重点活动和北京各大火车站、大连地铁全线、青藏高速检查站等多地重要部位批量应用。

在"柔卫甲"上,"北京理工大学"的名字格外醒目,优秀科技成果的转化,不仅服务国家社会,还充分展示了北理工的科研品质,实现了学校社会效益和经济效益双丰收。

未来可期——创新创业时代担当

北理工"90后"博士倪俊的创业项目,凭借多功能无人车技术,斩获了"互联网+"大学生创新创业大赛总冠军,获得了市场的认可。在中关村这片热土上,老、中、青三代北理工人,传承红色基因,矢志报国,书写出精彩的创新创业篇章,为建设中国特色世界一流大学不懈奋斗!

新时代、新征程、新作为,建设中国特色世界一流大学,北京理工大学把优秀科技成果书写在中国大地上,不忘初心、牢记使命!为实现中华民族伟大复兴的中国梦,永远奋斗!

出品:党委宣传部

编辑:戴晓亚　欧洋佳欣

来源:部分内容来自央视财经公众号

同根同源，红色九校相聚延安
成立"延河联盟"

推送日期：2019 年 3 月 17 日

1937 年，抗日战争爆发，全中国大批进步青年和知识分子冲破重重封锁，奔赴革命圣地延安。为了把大批爱国青年培养成为党的优秀干部，中共中央从 1937 年至 1945 年间，先后在延安创办了陕北公学、鲁迅艺术学院、中国女子大学、自然科学院（北京理工大学前身）、泽东青年干部学校、民族学院等高等学校，这些学校就是"延河联盟"高校的起源或重要组成部分。

挽救民族危亡，服务抗战建国，中国共产党在延安开启了创办高等教育的伟大实践，一批创建于延安的新型大学从此开始崭露头角，发展至今，已经成为中国高等教育的重要力量，正在为实现中华民族的伟大复兴不懈奋斗，矢志不渝！

为继承和发扬延安红色基因教育理念，共同全面提升人才培养的能力和水平，本着信息互通、资源共享、整合优势、协同创新原则，在北京理工大学的发起和倡议下，中国人民大学、北京理工大学、中国农业大学、北京外国语大学、中央音乐学院、中央美术学院、中央戏剧学院、中央民族大学、延安大学等九所诞生于延安的高校自愿组成联合组织，发起成立延河高校人才培养联盟（延河联盟）。联盟第一届轮值主席由北京理工大学校长张军院士担任。

九所高校,曾将革命的火种播撒向全国,并成燎原之势。今天再聚首,组成共同体,不断的是"延河魂",促进的是"红心结",执着的是"育新人"……

延河高校人才培养联盟成立大会顺利召开

3月16日,在本次延河高校人才培养联盟成立大会暨第一次联席会议上,与会领导嘉宾共同启动"联盟启动台",联盟成员高校领导签署了联盟合作协议,宣告延河高校人才培养联盟正式成立。

教育部高教司二级巡视员、综合处处长吴爱华,陕西省教育厅副厅长刘建林,延安市人民政府副市长张建波出席会议并讲话。北京理工大学校长、中国工程院院士张军,中央音乐学院党委书记赵旻,中国人民大学党委副书记郑水泉,北京理工大学副校长王晓锋,北京外国语大学副校长贾文键,中央美术学院党委副书记王少军,中央戏剧学院副院长徐永胜,中央民族大学副校长宋敏,中国农业大学本科生院院长林万龙,延安大学党委书记薛义忠、校长张金锁等九所联盟成员高校领导参加会议并讲话,陕西省教育厅高教处、延安市人民政府、联盟成员高校相关部门负责同志参加了会议。会议分两个阶段进行，第一阶段由延安大学校长张金锁主持，第二阶段由北京理工大学校长、中国工程院院士、联盟轮值主席张军主持。

在会议第一阶段，延安大学党委书记薛义忠代表学校向大会致辞。他首先对联盟的成立表示祝贺，对与会领导和代表表示欢迎。他指出，九所高校成立于抗日战争期间，同根同源，在全面贯彻落实全国教育大会精神和习近平总书记关于高等教育的系列重要讲话精神的背景下，九校结为联盟，互通互鉴、协同创新，探索人才培养新模式，贯彻立德树人根本任务，意义深远。延安大学一定与其他成员高校一道拥护联盟章程，创新、实践人才培养模式，推动联盟发展，为我国新时代高等教育作出更大的贡献。

延河高校人才培养联盟正式成立，北京理工大学校长张军院士担任联盟第一届轮值主席

教育部高教司二级巡视员、综合处处长吴爱华在致辞中对联盟的成立表示祝贺，对联盟的发起与成立表示肯定，对联盟的发展提出了要求。他谈到，联盟的成立是九校不忘初心、牢记使命的有为行动，

是高等学校加强内涵建设、全面提升人才质量的奋进之笔,是九校面向未来,建设高等教育强国的再出发。他指出,联盟要牢记党的初心,为人民谋福利、为中华民族谋复兴;要牢记党办教育的初心,坚持教育为社会主义现代化建设服务,为人民服务,坚持立德树人根本任务,培养德智体美劳全面发展的社会主义建设者和接班人;要始终不忘大学的初心,培养人始终是大学最根本的任务。他要求,联盟在人才培养过程中既要不忘初心,又要面向未来,探索高等教育改革创新发展之路。

陕西省教育厅副厅长刘建林在致辞中代表陕西省委教育工委、省教育厅对联盟的成立表示祝贺。他在致辞中介绍了陕西省教育文化事业发展现状,阐述了延安时期高等教育的盛况及其对当下教育教学改革的现实意义,表示省教工委、教育厅将大力支持联盟的发展,希望联盟开好头、起好步,积极谋划、科学定位、精心组织、扎实推进,早日产出一批可借鉴、可复制的高水平教育教学改革成果惠及更多的高校。

延安市人民政府副市长张建波在致辞中代表延安市委市政府对联盟的成立表示祝贺,对与会代表表示欢迎。他表示延安市人民政府在联盟的建设发展过程中一定当好东道主,为联盟做好服务,提供保障,促进联盟发展壮大,同时,他希望联盟多关注、关心、指导延安市的教育教学改革和发展,推动革命老区教育事业再上新台阶。

会议第二阶段,与会的联盟成员高校领导分别做了讲话。北京理工大学校长、中国工程院院士、联盟轮值主席张军在讲话中首先对联盟的成立表示祝贺,对为联盟成立付出努力的各成员单位和全体工作人表示感谢。他指出,今年适逢新中国成立70周年,联盟高校同根同源,砥砺共行,不断的是"延河魂",联盟高校共同经历了战火纷飞的抗战,民族复兴、人民幸福是我们的使命,"延安根、延河魂"是我们永恒的精神纽带;联盟高校各具特色,优势互补,促进的是"红心结",九所学校成立联盟以同心求发展,以红心筑未来,协同培养、共同育人,必将成为我国高等教育领域一道独特的红色风景;联盟高校薪火相传，牢记使命，执着的是"育新人"，进入新时代，九所高校立德树人，不忘初心，倾心育人，成立联盟，就是要走出一条鲜明特色的红色人才培养之路。他希望，通过人才培养联盟继承并发扬延安精神，联盟高校开展全方位、深层次的交流与合作，全力培养德智体美劳全面发展的社会主义合格建设者和可靠接班人。

成员高校的领导在讲话中均表示九校同根同源，联盟成立正当其时，应在人才培养过程中资源共享，创新德智体美劳全面发展的人才培养合作模式，培育时代新人，对联盟的发展战略、议事规则、合作模式进行提出了许多建设性意见。

"伟大的事业始于梦想、基于创新、成于实干"。延河联盟今天正式成立，未来将继续同心勠力、深化合作、形成机制、多出人才、出好人才，继续共同缔造由中国共产党独立举办高等教育机构的新的历史辉煌。

同根同源延河人，齐心共筑人才梦！延河九校深合作，谱写教育新华章！

出品：党委宣传部

来源：北京理工大学　延安大学

摄影：姚亮

编辑：戴晓亚

【光明日报】北理工：传承红色基因 向世界一流理工大学迈进

推送日期：2017年8月30日

8月30日，《光明日报》第五版"砥砺奋进的五年·迎接党的十九大特刊"中，以整版篇幅聚焦北京理工大学。

在专版报道中，"沿着总书记指引的方向奋力前行·北京理工大学的足迹"栏目以题为《传承红色基因 向世界一流理工大学迈进》的长篇通讯对北理工坚持走军工报国办学实践进行了报道；"办人民满意的高等教育·学思践悟"栏目刊登了北京理工大学党委书记赵长禄的署名文章《立足国防特色 坚定不移走军民融合创新之路》；"我看北京理工大学这五年"栏目刊登了中国工程院院士、北京理工大学信息与电子学院教授毛二可的《党的事业就是我们的奋斗方向》一文；此外，还以"数读北京理工大学"的方式展示了学校近年来取得的部分成果。

传承红色基因　向世界一流理工大学迈进
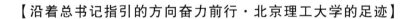
——北京理工大学坚持走军工报国办学之路

【沿着总书记指引的方向奋力前行·北京理工大学的足迹】

党的十八大以来，在习近平总书记关于高等教育的一系列重要讲话精神指引下,作为中国共产党创办的第一所理工科大学,北京理工大学传承红色基因,扎根中国大地,加快创建世界一流理工大学,成绩斐然。

立德树人,红色国防工程师的摇篮

在北理工刚刚迎来的 2017 级武器专业新生中,有一个叫胡蝶的小女生,她的成绩是北京理工大学在浙江省录取考生中最高的,却毅然选择了兵器类专业。有别于家人朋友认为"女生和武器是风马牛不相及"的忧虑,胡蝶却只有如愿以偿的欣喜——"北理工圆了我的从戎报国梦!"

2012 年,北理工大三学生倪俊带领 10 余名队员赴德国参加世界大学生方程式赛车比赛。五星红旗第一次飘扬在世界大学生方程式赛车的跑道上。"那时,20 岁的我,第一次感受到什么是祖国。"忆起当时,倪俊仍然会双眼泛红。

这份与家国情怀相伴的理想是一代代北理工人前进的灯塔、奋斗的阶梯。

中国预警机之父王小谟、中国枪王朵英贤、中国核潜艇之父彭士禄、长征三号运载火箭总设计师谢光选……北理工的著名校友有一个共同的特点:都是投身国防事业的工程师。

王小谟说,"大学录取通知书中有一句话令我终生难忘:'欢迎你,未来的红色国防工程师!'学校给了我理想和追求,献身国防就是我们当时的理想。"

2013 年 5 月 4 日,习近平同各界优秀青年代表座谈时讲到,青年一代有理想、有担当,国家就有前途,民族就有希望,实现我们的发展目标就有源源不断的强大力量。党的十八大以来,北京理工大学适应新形势新任务新要求,紧紧围绕立德树人根本任务,坚决把好大学生理想信念"总开关",用老一辈北理工人军工报党报国的宏图伟志激励一代又一代倪俊、胡蝶一样的青年学子激昂青春、奋斗梦想,汇聚新时期的"北理工力量"!近年来,北理工到兵器、航天、军用电子领域就业的毕业生人数位居全国高校前列，直接进入国防科技领域就业的比例超过50%。

《光明日报》报道

科技创新,"国之利器"铭记北理工人的付出

习近平总书记在庆祝建军 90 周年大会上的讲话中指出:"要全面实施科技兴军战略,坚持自主创新的战略基点,瞄准世界军事科技前沿,加强前瞻谋划设计,加快战略性、前沿性、颠覆性技术发展,不断提高科技创新对人民军队建设和战斗力发展的贡献率。"

近年来,北京理工大学抓住科技创新这个牵动科技兴军战略全局的牛鼻子,注重原始创新,以关键技术攻关为主线,把先进技术写在祖国尖端武器装备上,把创新成果应用在实现国防现代化的伟大事业中。

2016 年年初,北理工坚持 30 余年研究的 CL-20 高能炸药项目荣获国防科技进步特等奖。CL-20 是目前已知能够实际应用的能量最高、威力最强大的非核单质炸药,此次获奖标志着北理工从理论创新到工程实践,将这座世界炸药的"最高峰"彻底征服,为包括导弹、核装置等一批武器装备的效能提升带来了新的发展契机,对国防建设意义深远。

2017 年年初,北理工又一项低调而隐秘的技术发明荣获国家技术发明奖二等奖。王海福教授发明的"某活性毁伤材料"解决了公认的重大瓶颈性技术难题,被国内外誉为毁伤与弹药工程技术领域的一场变革。

一年年、一代代,中国武器装备的更新速度令世人瞩目,北理工坚守的是一条永无止境"止戈为武、拱卫和平"的科技创新之路。在刚刚结束的建军 90 周年沙场点兵中,学校参与研制的武器装备涉及精确打击、高效毁伤、机动突防、远程压制、军用信息和对抗、先进材料与工艺等多个领域,"国之利器"将永远记载着北理工师生无声、无名、无怨、无悔的付出。

战略牵引,探索军民融合发展之路

习近平总书记指出,军民融合是国家战略,关乎国家安全和发展

全局。党的十八大以来,北京理工大学把深入贯彻落实军民融合发展战略作为推进"双一流"建设的重大机遇。同时,以国防特色学科为引领,形成国防学科与基础学科的交叉、融合,实现为基础学科定位服务,为国防学科赋予新的发展内涵,探索出一条具有鲜明特色的军民融合发展之路。

今年4月,"天舟一号"与"天宫二号"完成首次自动交会对接,而当前中国航天器的"浪漫太空之吻"都离不开北理工微波雷达装置提供精确的相对位置和运动参数测量信息,这套技术源自北理工吴嗣亮教授团队"一套高速交会目标相对定位测量技术"。如今,契合国家航天科技事业发展的迫切需求,北理工在航天器对接、星载雷达等载荷技术、空间生命科学和发射场技术等诸多领域大力推动着军民技术互用。

紧密结合国家重大战略规划布局,北理工从"内涵主导"的中关村军民融合创新园,到"融合周边"的环北理工军民融合创新经济圈,再到布局天津、保定、怀来等地的"协同发展"京津冀军民融合协同创新带,实现了把国防科技创新融入国家发展战略、融入地方经济发展,既推进军民融合,也对当地经济产生带动作用。

交流合作,走向世界大舞台

习近平总书记提出的"中国特色、世界水平的现代教育",是一个完整的科学概念,包含着我国教育发展应当具有的中国特色、国际视野、时代特征等深刻内容。

2014年5月20日,在习近平主席和俄罗斯总统普京的共同见证下,中俄两国教育部签署备忘录。2017年8月,深圳北理莫斯科大学实现首批新生入学。

"世界高等教育的发展日趋国际化,我国高等教育的发展同样如此。高等教育的多样化意味着博采众长,积极吸收人类文明的一切优秀成果。"北京理工大学校长胡海岩说。

当习近平总书记提出"一带一路"倡议后,学校立即开展对"一带一路"沿线国家的详细调研论证，重点搭建了覆盖"一带一路"沿线40个国家的高层次招生平台。学校留学生年增长率保持在30%以上，连续3年排名全国第一，在校留学生来自"一带一路"沿线国家人数超过70%。

学校还发起建立中—俄、中—西班牙国际大学联盟，推动世界名校开展深入合作，加速推进教育和科技国际化；与德国慕尼黑工业大学等50多所世界名校设立学生交换项目，本科生年均赴境外访学、毕业设计人数占比23%。北理工致力培养的"中国型"国际化工程技术人才正在推动世界技术走向中国，中国人才和中国技术也必将更好地走向世界。

来源：光明日报

编辑：王朝阳

欧洋佳欣

人 物

新时代 新作为 | 王光义,激发新一代的"北理工力量"!

推送日期:2018 年 3 月 12 日

王光义校友担任"长征七号"首飞、"天舟一号"发射任务"01"号指挥员

王光义,1999 年毕业于北京理工大学自动控制系,毕业后入职西昌卫星发射中心,历任助理工程师、工程师、机关科长、分站站长、部门领导等多项职务,曾荣立二等功一次,三等功两次;2013 年,调

任中国文昌航天发射场文昌发测站副站长兼高级工程师,并担任"长征七号"首飞、"天舟一号"发射任务"01号"指挥员。"01号"指挥员是发射任务的大管家,不仅要有丰富老练的任务经验,还要有全面过硬的技术功底。发射前15分钟,全航区的口令均由"01号"指挥员下达,绝不允许出半点差错。

长征七号运载火箭发射现场

"……5,4,3,2,1,点火!",2017年4月20日19时41分28秒,"01号"指挥员一声令下,长征七号运载火箭腾空而起、刺破苍穹,点火发射分秒不差!而这位将中国首艘天舟货运飞船送入太空的"01号"指挥员,出身于"红色国防工程师的摇篮"——北京理工大学。

温暖,铸就梦想起点

1977年,王光义出生于江西吉安的一户普通的农民家庭。孩提时的王光义,憨实坚韧、成绩优异,不服输,也不放弃,虽然成长环境

王光义校友返回母校分享

艰苦，但他凭借优异成绩被保送进县里的重点高中。1995年夏天，王光义金榜题名，考入北京理工大学自动控制系，成为1977年恢复高考以来村里的第一个大学生。带着全村人的钦羡和全家人的欣喜，王光义来到首都，走进了北理工的校园。

初到北京，都市与农村的差距，陌生而熙攘的环境，一时间让王光义有些手足无措。"大学曾有段时间，我一度迷失了，甚至因为普通话不标准而深感自卑，与同学交流也不多。"王光义回忆道。但北理工的温暖在渐渐感染着他，"入校第一个星期，家住北京的室友吴寅男就邀请我去他们家做客，并把自行车借给我用，这一举动第一次让我感受到来自这个陌生城市的温暖。"

虽然对大学逐渐适应，但是如何规划好未来，依然是王光义心中的迷茫。"我的家人无法给我更多的建议，也无力让我豁然。"谈话间，王光义望着窗外，思绪仿佛回到20多年前。幸运的是，学校老师们给予了这些远离父母的孩子真诚关注，慢慢地将那些迷茫一扫而净。"我觉得你普通话挺好的"是王光义最无法忘怀的一句话，这是在一次与学校心理老师的交流中，老师告诉他的。"我还记得韩秀玲老师带我们到山西阳泉去学习，把我们一个个都当成她孩子似的保护着，让我感受到了像母爱一样的温暖。"

王光义就读的自动控制系,成立于1960年,是全国最早成立的自动控制专业院系之一。成立初期,自动控制系主要服务于国防,以火炮和雷达等军工产品为研究对象,形成了指挥仪专业、随动系统专业和大系统专业。在这样的环境中求学成长,王光义的血液中不知不觉融入了那份光荣的红色基因。

"京工4年的悉心培养,学校浓厚的军工文化,都一直深深感染和激励着我,让我逐步坚定了投身国防建设的想法","在这个过程中,我从迷茫走向成长,心中有一份淡定和自信,手上有一份绝活和特长,肩上有一份责任和担当。"王光义这样回首在北理工的成长。

努力,筑牢事业基石

初到西昌,从头学起。1999年7月,22岁的王光义,从北理工毕业,来到西昌卫星发射中心。王光义回想起自己参加工作之初十分感慨,"人与人的较量,关键在于学习能力的较量,我从一名普通大学生到今天,是一步一个脚印走过来的,没有捷径,只有努力,每换一次岗位,都要履行新职责、学习新知识,每一次都强烈地感到本领恐慌。刚参加工作的时候怕影响母校的名声,后来又恐辜负了领导的信任。"在西昌中心,他每天加班加点任劳任怨,始终坚持高标准做好每一件工作。在机关工作的7年间,他每天工作到晚上十一二点,坚持学习、学习、再学习。

2013年,王光义36岁,调任海南文昌发射场副站长。新的岗位,新的挑战,王光义成为测试发射技术总体工作的负责人,与之前的工作相比,可以用"跨界"来形容。"我用了3个月时间只学习了一种型号的液氧煤油发动机,感觉才刚入门。"王光义曾经为了学习推进剂加注系统,几乎天天看图纸,把215个阀门位置及其功能背下来,然后去现场核对。从对发动机的一窍不通到熟练掌握原理,从对加注系统的一知半解到熟练掌握加注流程,他带着一股"学霸"的劲头,逐渐得到各级领导和同事的认可。

"颗颗螺钉连着航天事业,小小按钮维系民族尊严"是王光义始终谨记的工作信条。文昌发射场火箭吊装分队岗位人员从来没有见过火箭,他就把自己的经验毫无保留地教给他们,与他们一起一个一个口令、一个一个动作进行梳理、演练、完善,直到满意为止。在天舟一号的发射任务中,王光义与协作单位及各分系统指挥员梳理出70多项状态变化,改进20余项地面设备,优化10余项测试流程。

就是这样一步一个脚印地踏实走来,王光义最终被委以文昌发射场第一次发射任务"01号"指挥员的重任。

发射任务获得圆满成功,奋斗青春十七载,王光义迎来了人生自豪的里程碑。"2016年6月的发射是中国文昌航天发射场的第一次发射,也是新一代运载火箭长征七号的第一次发射。当晚我非常激动,久久难以入眠,那情那景值得用一辈子去回忆。"

坚守,书写责任担当

王光义说:"我最喜欢的歌是《祖国不会忘记》,我把青春融进祖国的江河,山知道我,江河知道我,那就够了。"

王光义校友及其家人

航天事业是万人"一杆枪"的伟业。这其中,既汇聚了千千万万科技工作者的坚守、智慧与辛勤,也饱含着他们每个人背后挚爱亲人无私无悔的奉献。王光义在日记中写道:"我的爱人很不容易,孩子出生的时候,领导准了我三天假。这三天里,我的内心无时无刻不是煎熬的,我想陪在她们身边,但是我的岗位又需要我。"纵然万般不舍,但他深知自己肩负的使命和担当的责任,"爱人还没出院我就返回单位,直到孩子满月都没有回去过。女儿满月时,我们还叫她小朋友,因为'爸爸还没时间给你起名字'。"

2013年,调任海南文昌工作后,王光义与家人更是分隔两地。他自责地说:"我是一个不称职的丈夫,更是一个不合格的父亲,但我又无比幸运,有一个贤惠明理的爱人支持着我。我的成绩里有她一半。"感慨妻子不易,又感动妻子的理解和支持,"为不让远在海南的我担心,有一次深夜女儿高烧不止,妻子一个人背着孩子去医院待了好几天,而这一切,在我们每天的通话中她都只字不提,直到孩子出院我才得知此事,当时心里真是充满了歉疚。女儿今年11岁了,但直到去年'长七'首飞发射成功,我才第一次抽空带她出门旅游。"

在文昌发射场,从一栋实验楼到另一栋厂房至少需要驾车5到10分钟,路上想遇到个同事都不容易。爬上近百米的发射塔架最高处,这里可以俯瞰中心的每一寸土地,这里是火箭点火时最耀眼的地方,也是发动机最轰鸣的地方,但这里更是孤寂的,只有丝丝的海风拂过。王光义的工作也是如此,"长征七号""天舟一号"的成功发射,新闻报道、媒体专访关注到了他的工作生活,让他的航天工作走进了大众的视野,但在万众瞩目的背后,更多的是一份默默的坚守,要为这个伟大的时代,坚守这份重要的岗位。

走在海边,王光义颇有感触地说:"我们的工作只有两种状态:执行任务状态和准备执行任务状态。有发射任务的时候举国关注,没有任务的时候我们就以大海为伴、以椰林为友。"面向大海,逐梦太空,不为名利,不图史册,山知道他,大海知道他。

中国预警机之父王小谟、中国枪王朵英贤、中国核潜艇之父彭士禄、长征三号运载火箭总设计师谢光选……在这些老校友、老前辈与母校同向同行全力服务国防科技事业的道路上，北理工培育的"王光义"等新一代力量蓬勃成长。近年来，学校到兵器、航天、军用电子领域就业的毕业生人数位居全国高校前列；近4年，本科以上层次毕业生到国防系统就业人数占直接就业人数比例超过30%。相信，不久的将来，国防科技事业的伟业中一定会涌现出更多的北理工新生代力量。

延安根植入心间，军工魂融入信仰，中国梦扛在肩上，北理情化作行动！新时代，新作为，北理工人再出发！

策划：王征

供稿：自动化学院　校友会　王朝阳

图片：由校友本人提供

编辑：王朝阳　王琛

爱国奋斗 | 捍卫中国外空利益，这位北理工人有办"法"！

推送日期：2018年10月8日

习近平总书记指出，爱国主义是中华民族精神的核心，中华民族从站起来、富起来到强起来的伟大飞跃中，始终贯穿着伟大的爱国奋斗精神。自1940年创校，"党的事业就是我们的奋斗方向"就成为一代代北理工人的初心和使命。近期，聚焦"弘扬爱国奋斗精神，建功立业新时代"，党委宣传部将推出系列报道，希望全体师生能够传承红色基因，将爱国之情、报国之志融入祖国改革发展的伟大事业之中、融入人民创造历史的伟大奋斗之中，建功立业新时代！

在空间法的舞台上，追逐航天强国梦

外层空间是指空气空间以外的整个空间，任何国家不能对外空主张权利。外层空间法（outer space law），简称"空间法"或"外空法"，是国际法的一个新分支，是指调整各国探索和利用外层空间活动的原则、规则和制度的总和。

空间法学科是北理工的特色学科之一，经过多年来的悉心建设，不仅水平在国内处于前列，也具有了较强的国际影响力，特别是在外

北京理工大学法学院副教授、北京理工大学空间法研究所副所长王国语

空国际规则谈判、航天立法研究和实践领域,形成明显优势。在空间法学科建设的背后,有众多航天法律人的默默奉献、耕耘奋斗,王国语,就是其中的优秀代表。

初识空间法,结缘联合国

一个人和三段经历,改变了王国语的科研轨迹,与空间法的不解之缘从北理工开始。

"2006年,学校依托法学院成立了北京理工大学空间法研究所,北理工也成为全国第三家成立专门空间法研究机构的高校。研究所成立的初衷是希望依托学校理工特色和国防科工系统资源,发展与国防科技工业紧密联系的特色法学学科。"时任研究所所长的李寿平教授这样回忆道。而作为北理工空间法学科带头人,李寿平教授也是王国语走进空间法领域的引路人。

2008年9月，王国语入校之时，不断加强空间法学科建设是李寿平教授心中的"大事"，组织学生参加国际空间法模拟法庭竞赛成为加强空间法人才培养和扩大国际影响力的重要工作。因此，李寿平教授希望王国语能够担任国际空间法模拟法庭全英文竞赛的教练。

虽然王国语毫不犹豫地接受了这个任务，但对于主要以国际私法和法经济学为研究背景的王国语来说，空间法是个崭新的领域，心中不免忐忑。"信心都是在实践中积累起来的，年轻人不要怕！"李寿平教授的话给了王国语莫大的鼓励，至今让他记忆犹新。此后，王国语从最基础的理论开始，夜以继日地学习补充空间法领域的知识。在李寿平教授的悉心指导下，经过半年多的准备和国内赛的历练，李寿平教授完成了对王国语的"传帮带"，随之大胆放手，让王国语独自带队准备和参加了在澳大利亚举行的亚太赛。

2009年，王国语带队前往澳大利亚悉尼参加国际空间法模拟法庭亚太区竞赛，首次出国的王国语带领队员们面对的挑战着实不小。例如，由于漏听或误听了比赛规则，队员在赛前领取的对手书状上进行了标注，而按照比赛规则，这是要被扣分的。为了让队员们安心备赛，王国语独自在夜晚的悉尼街头寻找打印社，走了十几条街，终于重新制作装订好了书状。如此"挑战"，在接下来的几天中不时出现，一周下来，王国语竟然"瘦身"了10斤。不过，在大家的团结奋斗下，北理工荣获本次亚太赛"最佳团队"奖。在随后两年时间里，王国语连续带队参加国际空间法模拟法庭竞赛的国内赛和亚太赛，几乎每年都付出近半年的时间用于备赛辅导，正是在高强度的工作状态中，王国语不仅提升了专业英语水平，同时也完成了在空间法领域的知识积累。2011年，王国语赴美国密西西比大学国家遥感法及航空航天法中心进行为期一年的访学。其间，他通过给美国学生授课、在国际论坛作报告等历练，再次提升了英语和专业水平，并且在国际空间法的世界顶级刊物《空间法期刊》发表了研究成果。带着对空间法研究的兴趣与自信，王国语决定将空间法作为自己今后的研究方向。

访学同时，王国语还承担了中国空间法学会"外空活动长期可持

王国语于 2018 年 6 月参加在维也纳举行的联合国外空委大会
"外空活动长期可持续性工作组"最后一次谈判

续性问题"的课题研究。在 2012 年 5 月的结题答辩会上，王国语的研究成果得到了外交部和国防科工局相关负责人的充分肯定。随后，王国语积极申请加入中国代表团，赴联合国外空委参加外空活动长期可持续性工作组的一线谈判，从而成为中方谈判专家队伍中唯一来自高校的代表，亲自参与联合国外空国际规则制定的谈判。7 年间，王国语 17 次参加联合国外空委会议和谈判工作，这为他的空间法研究提供了学以致用的最佳舞台，极大地开阔了学术视野。鉴于王国语的出色表现，外交部条法司和国防科工局系统一司（中国国家航天局）还先后向学校发来了表扬信和感谢信。

谈及与联合国结缘，王国语颇为感慨："空间法研究，是理论和实践相互促进的过程，不仅需要自身潜心研究，更需要打开视野，熟稔各国的关切,紧密追踪和预判外空规则制定的热点以及各国动向。与联合国的结缘,不仅让我从国际空间政治和空间外交的角度对国际法和空间法有了全新的认识,更为重要的是也让我深刻体会了国际规则谈判对于捍卫和争取国家利益的重要性。"

发出"中国声音",捍卫"中国立场",作出"中国贡献"

习近平总书记指出"探索浩瀚宇宙,发展航天事业,建设航天强国,是我们不懈追求的航天梦"。

从航天大国强国,不仅要靠硬实力,而且也需要软实力、巧实力和锐实力。加强空间法研究,符合国家航天事业发展对于软实力建设的迫切需求。"虽然空间法只是国际法中的'小'领域,但背后蕴含巨大潜能的航天产业和不断壮大的航天事业,为空间法的发展提供了广阔的舞台。"王国语对空间法学科有着自己的理解。

在参与联合国外空国际规则制定谈判中,王国语注意到,在谈判桌上世界航天大国的谈判专家大多具有技术工程与空间法律的交叉背景,而中方则需要技术专家和法律专家在现场同时配合开展谈判,谈判效率和效果则大打折扣。因为深感空间科技工程背景对于空间法谈判的重要性,王国语也更加重视对航天技术、航天工程和中国航天情况的学习了解,并广泛和深入地与国内航天管理部门、企事业单位和科研院所建立了合作关系。

2014 年,王国语受聘为英国皇家国际事务所(Chatham House)高级研究员,在这个世界排名第二、欧洲排名第一的智库从事了半年空间政治和国际关系研究。"有人称我为懂航天的法律专家,其实要做好空间法研究,仅仅了解航天是不够的。政治学和法学的交叉融合、空间科技与法律政策的交叉融合是中国的外空、航天智库建设的必由之路。"王国语这样分享有关空间法学科发展的心得体会。从 2012 年开始,王国语又深度参与了《中华人民共和国航天法》的论证和起草工作,并受国防科工局委派,担任多个中方参与的航天国际组织或国际会议的中方法律顾问或政策专家。2016年受聘于国家航天局探月与航天工程中心，任外空法律顾问。

伴随着中国发力建设航天强国，中国的空间外交也大有可为，而外空国际法治建设也成为空间外交合作与斗争的焦点，参与其中的王国语将"爱国情怀"付诸对国家利益的亲身捍卫。"在2014年2月一次谈判中，我是中方的主谈专家，某些国家与我们就某个条文持有不同意见，他们趁着我去和担任主席国的南非代表磋商的时候，竟然在中国代表未在代表席的情况下，'挟持'主席通过了对我们中国不利的案文。发现这个情况后，在中国代表团的支持下，我'怒斥'了某些代表团的行为，并向其他代表团澄清了误会。最后，当事人以及工作组主席纷纷向中国致歉。"随后在最后一天的谈判中，关于工作组报告的措辞，各国立场不一，并形成两种对立的观点，谈判即将陷入僵局。按照先例，如果各国无法达成一致，谈判将一直持续至深夜直至会期结束。此时，王国语提出的折中建议得到了各方的一致同意，谈判由此提前结束，之后多个国家的代表来到中国代表团席表示感谢。

王国语于2018年在日内瓦举行的联合国裁军研究所外空安全会议上作特邀报告

对王国语来说，他用在空间法领域的奋斗诠释了自己的家国情怀，他凭借多年谈判的经验积累和专业素养，捍卫了国家利益，为国际空间规则制定和研究作出了"中国贡献"。"有些东西是在书本上永远体会不到的。"作为一名北理工人,王国语为自己能够用所学报效国家而深感荣幸和自豪。

10年间,王国语不仅多次参与联合国外空国际规则谈判、其他高级别的国际论坛和项目,还积极与国际政府间组织、国外知名空间法律政策高校、智库和科研院所开展广泛而深入的合作,主动参与组织国际高水平学术会议、开展学术互访和翻译权威专著……功夫不负有心人,锐意进取的王国语也逐渐成长为学校空间法团队中的优秀青年学者,成为北理工空间法学科的学术骨干。

教书育人,师道之本

"'胸怀壮志'是培养学生的灵魂所在,无情怀、无理想,再优秀的专业人才、复合型人才也只是'精英利己主义者'的池中一物而已。"

王国语于2017年参加在哈尔滨举行的亚太空间合作组织成员国空间法律政策培训

"人才是中国空间法事业发展的前提和核心。"长期从事空间法教学，王国语的感受颇深。王国语曾为法学院的本科生和研究生讲授"国际私法"，并承担本科生"法律经济分析"的授课工作，随着科研重心的调整，王国语逐渐将授课集中在空间法领域，本科生课程"航空与航天法"、双语课程"外层空间法"和留学生及研究生的全英文课程"国际空间法"成为他近几年教学的重点。

王国语特别注重对授课内容进行及时更新，经常结合当下发生的航天热点问题或案例，调整教学内容，力求生动，受到了学生的喜爱和认可。

"老师知识渊博，授课风趣幽默，注重课堂互动，收益颇丰"，这是学生们对王国语的教学评价，"上课时王老师经常把最新发展的热点问题顺手拈来，外空旅游、大型空间物体再入、空间碎片主动移除、外空采矿和外空战争等等，他总是能以最形象生动的方式将这些看似遥不可及的问题讲透，让我们记忆深刻。"

"教书育人，师道之本"，除了讲授专业知识，王国语还是一位注重培养学生理想和情怀的老师。"古往今来，志当存高远、以天下为己任，素为中国知识分子之精神圭臬。"在王国语看来，"教书育人，师道之本"就是应该教育学生在飞速发展的时代中，面对物质的诱惑，要始终保持中国知识分子的"高远志向"，要有一份家国情怀，才能在奋斗中建功立业。

"民族大任、家国情怀，需要强调，更需要培育、呵护、引导和支持。"在采访中，王国语对学校提出的人才大类培养改革"要紧密围绕'招''培''管'，在'大、改、质、实'上下功夫"感触颇深："梅贻琦先生谓之'大学之大，不在于大楼，在于大师'，但'大师'又从何而来呢？国外引进？深山练就？'大师'都曾是学生。因此，大学的关键是学生。"对于学生们，王国语总是提出这样的希望："力求温饱，则可追求独立思考，情怀赤诚，正直周到，敏锐顽强。我和大家共同努力。"

"大道不失，蹊径不辍"，"十年磨一剑"的王国语，矢志不移、驰而不息。在建功立业的新时代,追逐航天强国梦和建设世界一流大学,北理工空间法学科大有可为!

出品:党委宣传部
供稿:赵琳　王征　王朝阳
摄影:郭强　法学院
编辑:戴晓亚

新语北理

在北理工,一名党员就是一面旗帜

推送日期:2019 年 11 月 22 日

为中国人民谋幸福,为中华民族谋复兴,是中国共产党人的初心和使命,是激励一代代中国共产党人前赴后继、英勇奋斗的根本动力。

——习近平

在北理工砥砺奋进、矢志一流的征程上，一代代共产党员，发挥着先锋模范作用。一名党员就是一面旗帜，他们立足岗位、踏实奉献、攻坚克难、奋斗前进；他们用日复一日的坚守和奉献，用自己耐心细致的工作，在平凡的岗位上书写着不平凡的篇章……

在深入开展"不忘初心、牢记使命"主题教育的背景下，为进一步"树榜样、立标杆"，党委宣传部结合机关党委"党员先锋岗"评选工作，聚焦近年来机构改革中新成立的教学科研辅助机构和书院，对七位工作在教育管理服务一线的优秀党员进行报道，旨在更好地发挥学校优秀共产党员的先锋模范引领作用，以身边党员的先进事迹，教育引导全体党员守初心、担使命，引领主题教育走深走实。

今天，让我们一起走近七位北理工奋斗者，聆听他们的故事。

梁芳：数据专员的"小工作"与"大不凡"

"只要是学生关心的信息和问题，我们都会积极关注并尽量提供和解决！我的工作就是在数据的'海洋'里敏锐地捕捉到学生的兴趣点和关注点，为学生服务工作提供有力的数据支持。"梁芳是学生事务中心的一名数据专员，这个"小工作"背后的"大不凡"让她很自豪。

2016年4月,学校深化综合改革,学生事务中心应运而生,作为中心的数据专员,梁芳主要负责中心网站的日常管理与运维、新系统的开发、数据的整理与维护、后台数据分析及相关数据报表的制作等。

每年的开学季,新生们都是满载希望与梦想开启了人生的新阶段,初入校园的他们,关心的问题有很多:"我的室友是谁?""书院规模和男女生比例如何?""多少人和我同一天生日?""有没有人和我同名?"……为了帮助新生们及时解开这些疑问、尽快地适应新环境,每学年开学前,梁芳都会提前整合、分析预报到系统里的万余名新生的数据,赶在学生报到前制作出"新生数据大揭秘"。2019年9月3日,本科生迎新当天展现"新生数据大揭秘"的大屏幕吸引了众多学生和家长驻足观看。

"数字迎新"模式只是学校推进信息化建设工作的一部分,为了更好地服务于学校整体信息化建设,学生事务中心自主开发了奖助、宿舍、服务和综合管理四个子系统。手握各个系统背后几万名在校生的庞大数据库,梁芳总想从中挖掘出一些新花样。她整合、汇总学生学习情况、奖助勤贷、综合测评、宿舍安排、校园卡等学习与生活相关数据,2019年6月,她和几位同事一起策划的"数说毕业生""个人定制版北理记忆"成为母校送给毕业生的暖心祝福。加强师生大数据分析能力建设,不仅可以提升"精准思政"工作水平,还构建了精准化的学生指导服务体系,助力学校人才培养工作。

"平凡的岗位,只要充满热情,持之以恒,也一定能够取得不平凡的成绩。"为师生提供高效有力的服务保障,是学校深化改革、调整机构的目标,离不开像梁芳一样爱岗敬业、扎根一线、钻研业务的优秀北理工人。

高培峰：愿做争创一流的小"螺钉"

"我们已累计为11个专业学院、研究院和中心的百余个课题组、研究团队提供了20多万个机时、12万个样品的分析测试服务,年均支持教学计划内实验课程、开设实验室开放课程和开展大型仪器设备操作培训共计30余门次,累计接待校内外参观访问1 500余人次,为60余家校外企事业单位提供设备开放共享服务……"每当谈到分析测试中心为学校发展作出的贡献,作为中心综合室主任的高培峰总是滔滔不绝,自豪满满。

2014年的春天,已经在北理工求学七载的高培峰从生命学院毕业留校,开始参与学校大型仪器设备的运行管理工作。2016年4月,学校在深化推进综合改革中,正式成立了独立设置的分析测试中心,如何从过去的管好设备,到让上亿元的设备资源释放出支撑"双一流"建设的巨大能量,成为高培峰和同事们心中的大目标。

"我们每天想的都是如何为中心打造一个科学、规范、高效的运行管理体系。"为答好这张问卷,高培峰扎根在了岗位上,而在此过程中,也发挥了不可或缺的作用。3年来,他主持编写了20余项中心内部管理制度、梳理并制定了 20 余项业务流程,确保中心各项工作有章可循、高效流转;牵头建设了集平台展示、预约使用、安全生产等于一体的中心信息化管理平台;负责中心大型项目实施,累计引进大型仪器设备 20 余台套,总值 1.14 亿元;协助编制中心"十三五""十四五"发展规划……除此之外,高培峰还是中心日常运行的"后勤官"和师生服务对象的"连心桥",小到水电零修、物资采购,大到实验室改造、安全生产督查,"后勤官"事无巨细,保障有力;立足学科发展实际需求,开展服务对接,"连心桥"不断为师生们提供最优质的服务。

几年来,在高培峰和同事们共同努力下,分析测试中心从"提高站位""强化担当""有力保障"等三个方面着手,正在向着世界一流大学高水平公共实验平台的目标迈进。

"知艺而善,明术以精",这是高培峰的座右铭,他希望能够通过踏实工作和刻苦钻研,努力做好北京理工大学一枚出色的螺丝钉,为"双一流"建设作出自己的贡献。

李卓欣:做通往教师的那座桥

"翻看我们每场工作坊的调查问卷，培训满意度均为100%，非常满意度保持在80%以上。"教师发展中心培训部项目主管李卓欣谈起中心培训工作的成效，很是自豪，而"专业＋细致＋温度的服务"则是培训获得"超高人气"的秘诀。

2018年，面向"双一流"建设目标，学校大力实施机构改革，突出"管服分离"的管理理念，成立了教师发展中心。李卓欣就是在中心成立之初入职工作的。"刚入职时，新环境新工作，组织开展教职工各类教育培训让我有点'抓瞎'。"之后，李卓欣迅速适应岗位，带着"高标准、严要求、精细化"的理念，出色地完成了各项培训任务。

部门成立初期，作为中心培训部唯一一名项目主管，李卓欣不仅认真学习研究教师职业发展规律，收集培训需求，协助中心领导搭建了全员培训体系，还完成了专任教师、辅导员、管理职员、实验人员四支队伍的培训课程设计。"为了在密集的培训活动中仍然保持高标准的服务，我们在实践中总结出了'培训宝典'，将大量经验凝练为标准化流程。"

"本科课堂教学质量提升"是学校2019年的三大专项工作之一，通过培训有效助力教师教学能力提升就成为李卓欣的重点工作。在中心领导的大力支持下，她经过广泛调研后组织的"以学生为中心"教学能力提升系列工作坊，一经推出，便成为教师发展中心的品牌项目之一。为了保证工作坊主题接地气、内容吸引人、经验可借鉴，在前期策划阶段，李卓欣一方面通过发放调查问卷广泛收集教师需求，同时采用了深度访谈、学院走访等方式进行调研。值得一提的是，工作坊开设以来一直是安排在中午时间举办，地点设在研究生楼一层，"这是考虑到教师们的工作特点，中午下课后，不用多走路，就可以直接来教室，边吃工作餐边参加培训交流，在轻松的氛围中收获教学经验，我们的培训应该给予收获，而不是负担。"为了推出最满意的工作餐，李卓欣"煞费苦心"，不仅根据老师们的建议增加了西式简餐，还改用锡纸盒加强中餐的保温，注重调整食材搭配和口味。"冬天组织新教师去良乡参观，她都会提前给每个老师准备暖宝。"中心培训部高级主管陈晓燕对李卓欣的细致入微高度评价。"我们要时刻站在老师们的角度，考虑他们的现实需求。"如何设计培训主题，保证培训的参与度和有效性，是李卓欣每天都在思考的问题。

"围绕一流大学建设，做教师发展路上的贴心人，为职能部门提供工作支撑，我们就像一座桥，踏踏实实做事，才能通往教师的心里。"

王卓：为学生"精准调教"职涯发展方向

"严格来说，我从事学生就业指导的工作已经9年了。"2010年，当时还是北理工学生的王卓，就在就业办公室担任学生秘书直到2013年留校在这里任职，"我很喜欢我的工作，每次帮学生解答疑难问题和提供就业指导，看到学生满意而归，我觉得很充实！"

2018年，学校实施机构改革，将招生就业工作处的学生就业和学生档案相关职能划出，组建学生就业指导中心，负责本科生和研究生职业发展教育、就业指导、就业服务以及档案管理工作。

近年来，面向中国特色世界一流大学建设的总目标，北理工的就业工作质量不断提升，不仅连续两年位居QS全球毕业生就业竞争力中国大陆高校第七，更是聚焦立德树人根本任务，坚持内涵式发展。"引导学生把个人成长与国家发展、民族复兴结合起来，到祖国最需要的地方建功立业，是我们高校就业工作者的责任与使命。"如何引导毕业生树立正确的就业观，是王卓工作的重点。就业讲座中，王卓不仅讲解职涯规划的知识，还会着重介绍国家重点行业、基层和西部就业政策，宣传优秀校友典型。

"我听了王老师的讲解，才明确了投身基层的志向，每当遇到问题或疑虑，王老师无论上班下班，都会耐心给我提供建议。也是在她的帮助下，我顺利考取广西选调生。能施展才华为国家和人民作出贡献，我工作起来充满动力。"2018年毕业的法学院硕士研究生张炜林对王卓十分感激。

2019年10月，作为"不忘初心、牢记使命"主题教育的重要整改举措之一，为了满足学生职涯个性化指导需求，并将就业指导融入人才培养全过程，北理工建设了国内首家高校"职涯体验中心"，王卓也成为中心"摆渡人工作室"的首批咨询专家。为了能给学生提供高水平专业化的咨询服务，王卓更是利用业余时间，勤奋学习，弥补自己知识上的不足，取得"国际职业导师（高级）"等专业资格，成为一名合格的职涯"摆渡人"。

传承红色基因，为学生"精准调教"走向社会的人生方向，用专业化的技能，为学生的社会竞争力提升添砖加瓦，王卓用爱岗敬业的行动为一流大学建设写下自己的精彩笔触。

甘振坤：为一流人才插上"双创"之翼

"与一般工作的模式不太相同，学生创新创业实践工作不能只在办公室埋头苦干。"学生创新创业实践中心副主任甘振坤谈及自己工作的特点，笑称自己干的是一份坐不住的工作。

2018年，学校聚焦一流人才培养，大力实施机构改革，专门成立了学生创新创业实践中心。伴随中心成立到来的甘振坤，主要职责就是培养学生创新创业实践能力，培育"双创"项目，组织带队参加国

内外创新创业赛事。长期以来，北理工的学生科技创新工作传统良好、成绩优异，结合新时代、新要求，甘振坤主动学习，积极交流，逐渐积累了宝贵的工作经验，探索了有效的工作模式。"师生是学生创新创业实践工作的主体，要做好这项工作，归根结底就是要为师生做好服务！"拿出代表北理工的高水平创新创业项目是甘振坤的追求，以赛事作为牵引，以师生作为中心，甘振坤从项目储备、挖掘、培育、辅导等环节上狠抓细节，让"双创"成为北理工一流人才培养的一面"金牌"。

2018年，在第四届"互联网+"大学生创新创业大赛上，北理工成为第一个在一届大赛上同时获得冠军、季军的高校，刷新该项赛事纪录，甘振坤在幕后攻坚克难、默默奉献了8个月。"现在，遇到不少大专家和青年人才时，他们都会主动跟我了解创新创业工作，都想结合科研工作指导带动学生参与其中。"通过自己的工作，让越来越多教师重视和参与到"双创"工作中，让甘振坤更加感到欣慰。

从事创新创业实践指导工作，最让甘振坤看重的是对学生思想的引导和能力的提升。"有一个学生在参赛前是个比较沉默的人，跟人交流也少，在参与半年多创新创业实践后，他在各方面都有了很大的进步，赛后还主动跟我说只要学校有需求，他都会义不容辞为学校而战!"引导学生参与创新创业实践,培育创新精神,提升创业意识和创造能力,是甘振坤努力的方向。

建设一流大学,必须要培育一流的人才,"功成不必在我,功成必定有我"!甘振坤希望自己踏实的工作,能够将"双创"精神赋予北理工学子,为他们成为担当民族复兴大任的时代新人和国家需要的领军领导人才注入成长的动力。

杜乔:"以人为本"编好这张课表

课表,作为全校师生日常教学工作的"指挥调度图",对学校有序开展教学活动起着至关重要的作用。作为教学运行与考务中心负责全校课表排定的"总调度",杜乔时刻深感肩上的责任重大。

2018年,学校实施机构改革,将原教务处、研究生院的课程排定职能、教室管理职能、考试组织职能以及网络信息技术中心的多媒体教室、教学资源保障职能进行整合,组建了全新的教学运行与考务中心,杜乔也从研究生院的教学管理岗位调入教学运行与考务中心,负责全校本科生和研究生的课程排定工作。

"编排课程并不是一件坐而论道的事,必须要对各类教室的教学环境了解掌握，比如投影情况、桌椅是固定的还是活动的；要了解不同课程的授课模式，是研讨型还是讲授式；要考虑学生的需求，教学楼之间的距离如何，两节课之间学生有没有充足时间在教室之间进行转换……在今年的排课中，当得知有两位学生因行动不便，无法在高楼层上课、也无法转换教学楼后，我和同事对照课表，逐一帮他们核对调整，最终把他们都调换至一层上课，尽可能地为他们提供便利。总之，排定课表也是通过另一种形式安排师生们的工作生活，群众观念必须特别强。"杜乔将教学运行与考务中心"以人为本，服务师生"的理念扎扎实实落在日常工作中的每一个细节里。

在新的工作岗位上，杜乔也遇到了更大的挑战。"机构调整之前，本科生和研究生的排课选课是分别在研究生教务系统和教务部综合教务系统中进行的，两个系统的教师资源、学生资源、教室资源都是相互独立的。以教室资源为例，如若本科生课程需要用到研究生楼的教室，则需要人工去借用，而靠人工去识别并保证不会与研究生课程的使用发生冲突，这是对排课工作人员体力和脑力的双重挑战。"杜乔说道。针对这个问题，教学运行与考务中心经过前期充分调研，立项建设一体化教学管理系统，旨在进一步打通本科生和研究生教务系统数据，提供更加便捷的服务与体验。

"依托学校信息化建设，我们希望可以更好地提升教学管理水平和教学资源利用效率，使教学服务保障工作更加精细化和专业化，为一流人才培养和一流大学力量作出更大贡献！"面对未来，杜乔充满信心。

李田田：关爱学生有"三真"的"田田姐"

"田田姐常与我谈心谈话，并积极为我提供建议和帮助，解决了我的许多实际困难，在北理工我无时无刻不感受着温暖……"这是睿信书院2019级的一位新生，在参加北京市残联举办的"我来北京上大学"残疾大学生座谈会上的真诚表达。从小便因重疾而只能靠轮椅行

动的他，2019年考入北理工睿信书院。身体的不便，全新的环境，令他压力不小，但是学校及时送上的有力支持，帮助他顺利入学，而他提到对自己关怀备至的"田田姐"，正是自己的辅导员李田田。

2018年，聚焦本科生大类培养和大类管理的北理工书院制管理模式正式启动，北理工2018级本科新生们全面进入九大书院，李田田也正式成为睿信书院的一名新生辅导员。

要带好自己的330名"孩子"，李田田有自己的"法宝"，那就是真心、真诚、真情。为了全方位地了解自己带的新生们，李田田坚持每天与学生谈心谈话，每周都要有两三天的时间穿梭在教室和宿舍之间，微信步数日均"10 000+"，晚上周末更是与学生开会指导班团建设的高峰时段。无论大事小情，李田田总有问必答、有求必应。"学生有问题找我，是对我的信任，每个微小的交流都是拉近感情的机会。唯有亲其师，才能信其道。"李田田始终"三真"以待自己的学生。"只有走进学生的心，思想教育的力量才能发挥出来。"为了更好地与学生交流，引导他们的思想成长，李田田还积极学习心理学，掌握沟通技巧，打开学生心扉。"田田姐，一起跑步吗"成为办公室门口经常传来的邀约，带着真心、真诚、真情的李田田，成为学生心中值得信赖、愿意分享的"大姐姐"。

在北理工,学生"有急事第一时间找辅导员"并不是一句口号,学生在哪里,辅导员的教育、管理、服务就到哪里。未来,李田田将继续以"四有"好老师的标准更加严格要求自己,用真心、真诚、真情做学生的良师、益友。

服务师生,乐于奉献,他们是新时代的奋斗者,用敬业爱岗诠释了党员的使命担当,为他们点赞!不忘初心、牢记使命,在争做新时代先锋的路上,北理工一直在前进!

供稿:韩姗杉　王朝阳　吴楠　戴晓亚
摄影:郭强　部分照片受访者提供
编辑:王朝阳　欧洋佳欣

七一 | 我们一起 pick 这些能量满满的北理工人！

推送日期：2018 年 7 月 1 日

2018年是贯彻党的十九大精神的开局之年，也是学校着力深化综合改革、深入推进"双一流"建设的进取之年。"机关领导干部要驰而不息地改进工作作风，为学校各项工作开好头、起好步提供有力支

撑","要打造与一流大学相匹配的服务水平,在政策制定和落实过程中真正树立'以师生为中心'的意识",这是2018年3月29日,校党委书记赵长禄和校长张军在机关作风建设座谈会上对全体机关管理干部提出的要求。

在北京理工大学,有649名机关领导干部和管理服务人员,他们虽未上三尺讲台,却始终心怀"以师生为中心"的意识,在工作中爱岗敬业、恪尽职守,为学校"双一流"建设贡献发力。

在"七一"到来之际,我们采集了六位党员机关干部看似普通而又不平凡的事迹,在他们朴实的日常中,我们能感受到正是每一位北理工人踏实奋进的点滴工作,才能汇聚成推动学校建设中国特色世界一流大学的不竭动力。

程璐:面对100个焦虑和压力,回报101个微笑

"不辞辛劳久,难忘师生情",2018年6月12日下午,12名来自不同学院的2018届夏季毕业博士生代表向研究生院学位与学部办公室的程璐老师赠送锦旗,以表达他们对程璐工作的肯定及感谢。其实,程璐作为负责全校硕士、博士学位论文盲审工作的老师,这已经不是

她第一次获得北理工毕业博士们的"大声表白"了。2014届毕业博士生们就曾为了感谢程璐,在研究生教学楼前挂起了一幅长2米、宽2米的"感谢信"喷绘。此后每年,毕业博士们都会以各种方式表达对研究生院及程璐的感激之情。

学位论文匿名评阅是博士生毕业的"必经之路",由于论文要送到校外同行专家进行评阅,时间方面存在一定的不可控性,一旦盲审成绩没有在规定时间反馈回来,博士生就无法参加论文答辩,也意味着他们将要面临毕业延期,甚至已达最长年限的博士生将只能办理结业。因此,负责论文送审的程璐,每年都将会直接面对所有即将毕业的博士生的焦虑、无奈甚至急躁……

"等待送审结果的那段时间,我内心的煎熬与无助实在是难以言表",由于评审专家变更,机电学院2018届博士毕业生侯健的论文送审过程可谓一波三折,感觉度日如年的侯健在临近毕业之际,几乎每天都要到办公室询问程璐好几次,"我那时压力确实非常大,面对我的焦虑,程老师从来没有表现出任何不耐烦,也没有抱怨,总是二话不说地帮我去查询,联系教育部学位中心的相关负责老师。"程璐为了学生不厌其烦地一遍又一遍地"催审"及努力沟通,终于让侯健在答辩日期截止前一天收到了盲审反馈结果,使其顺利参加答辩并毕业。"我今天能如期穿上学位服拿到博士学位,充满爱心和耐心的程璐老师功不可没,我是真的特别感谢她。"毕业之际,侯健对程璐的感激之情溢于言表。

以感恩之心对待工作,并传递给学生们,程璐总是说:"有100名学生来我办公室,我会尽量回报他们101个笑容。最后一个,留给自己,时刻让自己充满希望。"在平凡的岗位,用爱心和耐心写就不平凡的事迹,2017年12月21日,程璐在北理工光荣地加入中国共产党。"这不仅是对我工作的认可和肯定,也激励我要更加努力工作,发挥党员的先锋模范作用,为学校'双一流'建设贡献力量!"

都超：从外行到内行，唯有学习，唯有主动而为

都超，科研院国防科研部质量管理办公室主任，作为负责学校军工科研项目管理核心业务的青年管理干部，近年来工作业绩突出，在他和广大科研战线一线工作者的努力下，学校军工科研项目成绩稳步增长，诸多领域明显优于兄弟高校。然而，对军工科研项目管理业务纯熟的都超，却并不是一位标准"理工男"。

2013年4月，文科专业硕士毕业的都超，带着对母校的感情，留校到科研院工作。当时正值学校组织若干国防科研项目进行中期评估，为了能更好地完成工作，都超利用业余时间，一个项目接一个项目地钻研，从项目的基本资料入手，由点及面，不断发散，用自己的勤奋填补相关领域知识的空白。功夫不负苦心人，短短三个月的时间，都超从最初的"门外汉"迅速成长为对所负责项目都能说出点"门道儿"的内行人。

随着对工作的认识不断加深，都超的"钻研"也愈发深入。一直以来，国防科技项目管理中，项目申报模式都是由军队装备主管机关发布项目指南，学校再进行组织申报，项目申报处于被需求所牵引的

状态。如何能够创新工作思路，实现国防科技工作由需求牵引转向创新引领，实现项目管理由被动服务转变为主动创造？这是都超一直在思考的问题。

近年来，国家从战略层面对新形势下"科技兴军""军民融合"进行战略部署，相关机构单位也进行了一系列的调整与改革，面对新形势与新挑战，作为学校军工科研项目的具体管理者，都超密切关注机构和机制的变化情况，快速调整工作思路与方式方法，与上级部门进行有效对接，建立畅通的信息交流渠道，始终掌握着国防科技工作最新的发展动态。在此基础上，按照学校整体工作要求，都超开阔思路、创新方法，积极推动学校科技发展重点向军队战斗力提升需求方向转变，为学校军工科研从以往的需求牵引模式转变为创新引领模式，作出了自己的贡献。

2006年5月入党的都超，作为一名传承红色基因的北理工人，作为一名服务国防科技事业的青年干部，难掩自豪之情："在这个岗位工作5年，我越来越能理解北京理工大学这几个字蕴含的深刻含义，越来越能理解'延安根、军工魂'红色基因的内在含义，也越来越能够体会在北京理工大学从事这份工作所带来的荣誉感与使命感。把北理工的国防科技事业发展好、建设好，这就是为建设中国特色世界一流大学作贡献。争做强军强国的时代新人，这也是我作为一名共产党员的自豪与责任。"

于笑湉：以人为本，为你奉上北理工美好的初印象

人事处称得上是学校面向全体教职工管理服务的"第一站"，不仅有繁杂、细碎的事务性、服务性工作，亦有队伍建设等体制机制方面的管理工作。从人事处综合室、人事服务中心、高层次人才发展中心到现在的师资培养室，于笑湉可称得上人事处里一名年轻的"老同志"。而谈起小于，领导和同事们一致认为，在于笑湉的身上，人事处"以人为本"的服务理念得到充分体现。

就拿于笑浠现在负责的预聘制教师学术启动经费和博士后工作来说,在人事处专人专科负责、"一对一"服务的总体要求下,她将人性化的关怀倾注到工作的各个环节之中。由于工作面向新进教师群体,人事处是这些北理工新人打交道的第一个部门,多年服务教师的工作经历,让于笑浠的心中充满了对学校和人事处的热爱,始终牢记"以人为本"这一使命,将"热爱"内化为工作的原动力,要求自己努力做到北理工的"美好初印象",积极践行做一个"温暖的北理人"。从预聘制教师学术启动计划经费的申报、使用,到博士后入站、出站、薪酬发放等全流程服务,新进教师在工作、生活中遇到的困难,于笑浠无一不耐心解答,尽心尽力地帮助新老师沟通协调,解决困难。同时,在不同岗位的履职过程中,于笑浠也积极钻研业务知识,持续提升自身的履职能力,以"一流大学"的高标准和"首问负责制"的专业态度严格要求自己,努力营造"一流大学"的优质服务环境。

作为一名党员,于笑浠充分发挥党员的服务、担当意识,哪里需要她,她便在哪里发挥作用,对待工作从不推诿。白天,电话、微信、邮件涌向于笑浠,她便凭着近10年的工作经验,与各个部门协调,帮助教师们解决一个个个性化、具体化问题。到了晚上,伴随着通信工作中的逐渐安静,于笑浠也终于有了"整块"时间来起草报告、撰写文件和处理数据等。"今年3月,人事处报批'双一流'预算,小于白天完成服务教师的工作,晚上还要常常加班到后半夜起草预算方案。"人事处副处长杨静介绍。

"北理工的老师非常朴实、实干,他们本身就是'最强大脑',建设双一流,做好人才队伍建设是关键,为他们服务,我的岗位责任重大!在北理工这样一所踏实奋进的学校中,我与身边优秀的老师和同事相比,还有差距。我从被动学习到主动提升自我,在北理工工作的近10年我收获满满。"于笑湉分享在北理工的成长、收获。

管帅华:爱岗敬业,要做精做深,钻进去

"惟愿采一点星光,给同学们点一盏小小的灯。"这是北理工学生就业指导中心副主任管帅华的座右铭。2008年入职至今,管帅华一直奋斗在就业工作第一线,她勤于钻研,开设并主讲的"小管说就业"系列讲座,已成为深受学生喜爱的"品牌"。

伴随着社会的不断发展,毕业生从"能就业"走向"就好业",高校就业工作也从"能服务"走向"服好务"。面对新形势、新要求、

新任务，特别是如何将自己的工作与学校"双一流"建设的大局联系起来，为培养一流的人才服务，引发了管帅华的思考。"建设一流大学与我们每个人息息相关，我想把自己的岗位工作做精做深，钻进去，就是为一流大学建设作了贡献。"带着这样的思考，管帅华开始对就业指导精雕细琢起来，既要对求职技巧进行辅导，还要引领毕业生树立正确的就业价值观，并且还得符合"90后"们的兴趣和需求。

4年前，管帅华在经过一个阶段的精心准备后，推出了她的第一场"小管说就业"讲座，这一"说"就是112场，每年覆盖毕业生达到2 000余人，内容包括生涯规划、简历制作、面试技巧、就业政策、就业形势等。"我主要利用晚上、周末时间到良乡校区、中关村校区的各个学院举办讲座，在课程设计上，力求实、准、新、变，'实'就是内容模块符合同学实际需求，'准'就是针对同学们的不同就业时期、不同专业，提供不同分类指导，'新'就是力求讲授形式新颖，而'变'则是要认真收集反馈，不断调整讲座内容。"

管帅华的讲座受到了学生们的一致好评，光电学院2018届硕士毕业生白聪就对管帅华充满感激。"刚开始求职时，受周围同学影响，我也把互联网企业作为第一目标对象，因为觉得它来钱快，吸引人，但事实证明，我的盲目选择让我的秋招特别不顺利，那个时候我都慌了，是管老师的《打赢春招临时准备战》《如何在求职中C位出道》给我吃了一颗'定心丸'，让我知道自己还可以把握春招黄金求职期，也调整了自己的就业观念，让我认识到有些人生的收获并不是收入能够衡量的，最终我顺利入职北方工业，投身国防军工行业，除了行业的良好发展前景外，还有一份担当时代的自豪感，让我的感觉好极了。"

2017年，管帅华荣获北理工优秀共产党员荣誉称号，对此她说："我是一名青年党员，为学生服务，为学校'双一流'建设服务，是我的第一追求和最高追求，我将继续秉承初心，上下求索。"

王铎:做岗位上的专家,用专业化服务师生

提起在学校办理因公出国(境)手续工作,国际处的王铎是一个大家耳熟能详的名字。2004年至今,这位山西小伙子在学校国际交流合作处派出办公室负责为全校师生办理因公出国(境)报批和签证事务。14年来,王铎在岗位上尽职尽责,不断学习积累,逐渐成长为一位公派出国(境)方面的业务专家,以过硬的专业素质为学校8 000余个因公出国(境)团组、20 000余人次提供因公出国(境)服务、咨询和审查。

因公出国(境)审批是一项政策性强、环节多、涉及部门广、时效性要求高的行政事务。通晓政策和经验丰富,让王铎总能通过与师生的简单沟通,就能准确而快速地为各种不同的出访提供最佳的工作指导和建议。

"杨老师您好,我印象中您是2012年申请的护照,公务护照有效期是5年,所以我建议您先去准备护照申请材料。""宫老师,您去欧洲四国做访问访学,中央政策最多只允许三国。""陈老师,美国加州虽

然 30% 是华人,但是近年来治安不太好,请您一定注意安全。"……王铎说,不要小看这份常规性的事务工作,因为具体到每一位师生的情况就一点也不常规了,需要你在第一时间内判断各个信息点是否符合要求,并且做出合理的建议和解释,而且要让来办事的师生"心服口服"。

2015 年,国际处组织学习研究国家政策,特别是新时代教育对外开放的新要求,提出学院主体、资源下放、过程简化、服务精准的改革目标,王铎和派出室同事们随即缜密梳理优化了因公出国(境)审批流程,设计线上审批框架,在计算机学院科研团队的支持下,开发了"因公出国(境)网上申报、审批系统"。审批系统面向全校所有师生,预计受众大约 5 万人次,内容涉及繁多,特别是还要实现让系统合理地判断出申请团组是否可以出行,这既是亮点,也是最大的难点。王铎介绍说:"线上系统中人员身份就有 5 类,派出形式有 3 类,这样交叠在一起,人员身份的预判就有 15 种。系统从设计到现在试运行,已经改了 80 余版。"今年 9 月,该一饱含王铎和派出团队心血的系统即将正式上线运行,这将极大地免除了师生往返办事的奔波之苦,申请人和审批人都能利用碎片时间快速完成申报审批程序,将有效服务学校国际化建设。

作为一名工作在机关管理服务岗位上的共产党员,王铎说:"建设世界一流大学,国际化必不可少。成为自己岗位上的专家,用专业化为师生们的国际交流提供服务,这就是新时代我们管埋岗位上党员先锋模范作用的小小体现。"

苑怡:为严格的制度注入"人情味"

"找苑老师办理财务手续有种如沐春风的感觉,看似烦琐的财务手续,经过苑老师的耐心讲解就变得有条不紊。对报账业务不熟悉,想到报账就头大,是她让我缓解了焦虑情绪。"材料学院李定华老师这样评价财务处核算中心副主任苑怡。

  财务处是管理学校资金的职能部门，关系到各个单位和每位教师，来报账和处理财务问题的师生，让这里每天门庭若市、熙熙攘攘。财务处不仅要维护财经纪律，还要服务全校师生。因此，财务处的工作人员既要一丝不苟，又要热情耐心。

  在每天高度紧张的工作状态下，工作在财务处报账窗口一线的苑怡，却总是给办事的师生以谦和、温柔的感觉。"在财务处工作7年的时间里，每天我们都会遇到不同性格的老师，由于财务报销情况本身就比较复杂和烦琐，人也多，所以遇到排队时间比较久、对财务规定理解有偏差或者手续材料不全等情况，老师们很容易产生急躁情绪。这个时候，我通常会耐心地给老师们解释相关制度的来龙去脉，让老师们理解严格执行财务规定的目的还是保护老师的利益，遵守制度才能规避潜在风险。换位思考的解释，老师通常会心悦诚服地接受。"苑怡说。

  当然，面对鲜活的"人"，制度可以严格，但不能刻板。作为一名工作在服务岗位上的共产党员，苑怡为严格的财务制度注入了"人情味"。作为核算中心副主任，她以身示范，带领中心人员将人性化关怀倾注到工作中，为前来办理财务手续的师生提供人性化的服务。按照财务工作管理要求，财务处一般在上午11:30和下午4:30的时候做内部结算,所以这时一般不再受理当天财务报账。而苑怡总是尽可能为"踩点"而来的老师留好办理手续的最后时间,"看到老师们急急忙忙、气喘吁吁地赶来,我很理解他们工作的辛苦,所以尽量延时一些,只要不违反制度,我都尽量受理他们的业务,哪怕下班推迟一些。作为一名党员,要讲服务意识,在工作中,要多讲点'人情味'。"

实施美丽北理幸福北理工程,营造师生宜学和谐"幸福园",核心就是要推进大学文化建设。机关作风是大学文化的重要体现,机关部门作为服务学校师生的"窗口",直接反映了学校是否坚持一流的治校理念,是否大力推进管理向服务转型。学校发展进入新时代,迈入"双一流"建设新征程,机关工作也应与时俱进,因此机关工作作风建设要加强理论武装、提高政治站位、强化大局意识、再造管理能力、形成"头雁"效应……

坚持思想再解放、改革再深入、工作再抓实,领导冲在前、师生同担当、榜样树标杆,未来学校将进一步通过干部作风建设,切实增强广大师生员工的获得感、幸福感、安全感。

供稿:王征　韩姗杉　王朝阳　马瑶　吴楠
摄影:郭强
编辑:王朝阳　王琛

为中国"深空之光"璀璨长驻

——北理工孙克宁教授空间电源系统研究侧记

推送日期：2019 年 4 月 4 日

空间电源系统，顾名思义就是应用于航天器上的电池组件，被称为"航天器的心脏"，对保障航天器正常工作起着决定性作用。空间电源系统一旦出现问题，航天器将会彻底失去工作能力。

空间电源系统如此关键，却也是航天器上最容易出现问题的部分，在空间特殊环境下高强度的工作以及更换困难是最大挑战，对于低轨道运行的航天器来说，电池组件需要满足 8 年的使用寿命，而对于在地球同步轨道运行的航天器而言，需要拥有 18 年以上的使用寿命。

目前，在全世界范围内，电池技术依然是制约航天器总体水平的短板，我国同样缺乏自主研发、稳定可靠的空间电源系统。

2019 年 1 月 8 日，北京理工大学化学与化工学院孙克宁教授团队的"高比能量锂离子电池关键技术及应用"项目，在人民大会堂被授予国家科学技术发明奖二等奖。获奖的背后，是团队历经 20 年的奋斗不辍，这个北理工团队用具有完全自主知识产权的创新成果，实现了中国空间电源系统在比能量和轻量化方面的突破，使中国空间电源系统的技术水平实现了跨越性提升。

孙克宁教授团队被授予国家科学技术发明奖二等奖

把"一张白纸"写满精彩

"电源系统绝对不允许出任何问题!"2004年4月,西昌卫星中心发射现场,"两弹一星"元勋、时任中国探月工程总设计师的孙家栋院士这样坚定地说道。这让当时还是一名青年教师的孙克宁深受触动,他暗自立志要为中国的空间电源系统研究作出自己的贡献。

1999年,孙克宁开始涉猎空间电源系统研究领域,他深知国家的需要就是科学家的使命,这也是他专心投身该领域的初衷。"世界范围内专业做航天电源的公司很少,我国在航天电源技术方面还远远落后于国外。"孙克宁回忆。

同年,孙克宁开始了航天电源的研究,而此时在他面前可谓是"一张白纸"。毫无借鉴和积累的探索,注定是坎坷的,很快孙克宁就意识到镍氢电池存在比能量低、可靠性差等问题,无法满足航天器对高性能电源系统的需求。孙克宁并不气馁，又将目光投向性能更为优异的锂离子电池。2005年，孙克宁提出的空间电源系统研究获得立项，但仍然面对无成熟设备、无商业化材料和无工艺技术的种种困难。

2009年，孙克宁来到北京理工大学，成为学校化学工程与技术学科能源电化学工程方向的带头人。

"北理工在化学化工领域研究底蕴深厚，发展至今研究基础非常好，而且学校对新兴产业研究领域非常重视，所以来到北理工后，我感到如鱼得水。"孙克宁这样介绍。

之后，在北理工的沃土上，孙克宁带领团队聚焦锂离子电池，针对电极材料、隔膜材料、制造工艺等方面深入研究，不断突破，形成研究优势。

孙克宁主持中英青年学者城市交通可持续能源先进技术研讨会

经过20年的潜心研究，孙克宁团队在空间电源系统领域已拥有完全自主产权的专利23项，发表了50多篇具有国际影响力的论文，推动我国制造出"高比能、高可靠、轻量化"的空间电源系统，孙克宁也连续5年成为爱思唯尔发布的中国高被引学者（能源类）。

拼搏奋斗的"青年军"

"我们团队有个特点就是年轻,9 名教师,平均年龄 37 岁,整体氛围非常开放包容。"孙克宁谈到自己的团队,充满自豪。在"点亮"中国航天器电源系统的攻坚中,孙克宁带领的这支"青年军"不仅充满干劲,也充满了创新思维。"仰望星空,要永葆好奇心。"这是孙克宁经常与团队分享的理念。

"我觉得北理工务实的品质非常吸引我,所以毕业之后我就来了,并且在团队里找到了志同道合的伙伴,让我觉得很有施展空间。"

团队中的青年教师王振华,2009 年博士毕业于哈尔滨工业大学电化学专业,来到团队从事航天电池研究已经有 10 个年头了。

作为最早的团队成员,王振华亲历了团队拿下化学电源与绿色催化北京市重点实验室、电化学关键技术与化学电源教育部创新团队、教育部奖、国家奖等一个个成绩。但成绩斐然的背后,却是一路的拼搏与奋斗。

"测试电池和测试别的东西不太一样,为了及时测量出电池的性能,初期有些研究只能靠人工随时跟进检测。人要跟着机器走,机器运转到什么时候停止我们就要跟进测试。吃住在企业,凌晨三点去测电池参数,早上七点钟继续工作也是常有的事。"王振华这样谈道。

做出中国人自己的航天电源,孙克宁的研究绝不仅仅只是理论上的突破,他心中要的是实实在在的产品。带着这样的理念,团队从理论基础、技术路线到产品研发,每一步都考虑工程化需要,但这也对团队提出更高的要求。

空间电源系统的组装必须在固定空间内完成,一旦上天,就"决不能出错",这严苛的标准就是对空间电源系统的基本要求。面对严苛的标准,电源工程化却又只能面对尺寸、能量、重量等最宏观的要求,这始终是对团队极大的考验。

"不实验不相信,不验证不科学",这是孙克宁团队中师生们常常挂在嘴边的话,正是凭借这股"钻劲",团队从"零基础"开始,自己搭建设备、合成材料,开始探索航天器电源的"中国制造"。"既然我们研究的是国家的技术短板,那就一定要克服困难、一定要做好!"

培养学生有"两把刷子"

"知全局,明亮点。知需求,明方向。知难点,明细节。知能力,明途径。"

这是孙克宁对学生们的要求。在科研上不断取得突破的孙克宁,始终将培养出优秀的学生作为团队成绩的重要组成。

他还要求学生们必须具有两把"刷子":

一是瞄准国际前沿,创新基础研究;

二是对接国家需求,注重工程应用。

"我是2014年进入团队读的博士,2015年开始选择将锂离子电池高容量正极材料作为自己的研究方向。"提及为何选择来到孙克宁团队,博士生卢丞一坦言,"标签清晰,方向明确,孙老师一直致力于电池研究,一直深耕能源领域。只有长久不移的研究才能把科研做深做大,而盲目跟风则没有前途,孙老师给我们树立了学习的榜样。"

卢丞一的研究主要是高性能锂离子电池正极材料的开发,旨在提高锂离子单体电池放电比容量和循环倍率性。正是得益于导师孙克宁的悉心指导,卢丞一才收获不小。

"磷酸铁锂电极材料因其相对较高的安全性被广泛应用于锂离子电池中,但它的缺陷是比容量不太高。在一次实验中,我偶然发现了磷酸铁锂的放电容量有了较大幅度的提升。孙老师没有放过这一偶然发生的实验结果,而是鼓励和指导我进一步观察思考其中的机理。最终,我们反复试验,通过构造氮氧自由基对其进行复合能量的提升,实现磷酸铁锂比容量的'超容'。而当时全世界只有少数几篇论文谈到如何实现磷酸铁锂的'超容',我们的结果可以说是开辟了一个新的方向。"卢丞一通过"无机+有机"工艺复合,使得磷酸铁锂的比容量

卢丞一完成博士学位论文答辩后与导师孙克宁合影

达到了 190 mA·h/g，这不仅超过当时业内可实现的最高实际比容量 160 mA·h/g 的水平，更是突破了 170 mA·h/g 的理论比容量水平。

从普通的制备中发现问题，从而证明猜想，然后主动优化，最后验证结果，这样一条完整的科学研究闭环，孙克宁对于自己和学生们都要求不仅完整不可缺失，还必须每一步要走得非常扎实。

"我觉得最有意思的是每学期一次的实验技能比拼大赛。我们每人会有 5 次机会，通过 5 次制备，拿出其中最好的数据进行比拼，所有人中谁的数据最好，谁就是冠军。通过这种方式，我们不仅提高了动手能力，有时候还能获得很多灵感。"团队学生徐春明谈到这个内部竞赛总是津津乐道。

而这样的比拼，只是孙克宁启发式培养人才的一个缩影，不论是指导团队里的青年教师，还是课题组的研究生们，孙克宁都十分注重启发思维。

"孙老师喜欢思想交流，乐于分享自己的研究经验，但他从不一股脑地灌输给我们。无论是平常备课还是申请项目，孙老师会和大家一起讨论出框架，然后非常细致地帮我们修改，一稿、二稿……终稿，草稿上满满当当地都是他的笔迹,这个过程中,也让我们有常学常新的感觉。"团队教师孙旺这样谈道。

不忘初心,为中国"深空之光"璀璨长驻,牢记使命,用奋斗建功立业新时代。"这是我们科研人员应该做的,也是每一个北理工人需要做的,所以我们就做了。"在荣获国家奖励之际,孙克宁如是说。

出品:党委宣传部
供稿:王朝阳　赵卢楷
摄影:郭强　化学与化工学院
编辑:王艳芳　戴晓亚

新语北理

全国仅 10 位,这个北理工光学博士不简单!

推送日期:2018 年 5 月 18 日

近日,由共青团中央、全国学联主办,中国青年报社、中国高校传媒联盟承办的 2017 年度寻访"中国大学生自强之星"活动(事迹包括爱国奉献、道德弘扬、科技创新、自立创业、志愿公益、身残志

付时尧在实验室开展实验研究

坚、其他等七个类别）结果揭晓。

北理工博士生付时尧获评"中国大学生自强之星标兵"荣誉称号，该称号全国仅有 10 人获得。

他是中国光学领域最高荣誉之一"王大珩光学奖"和 2017 年工信部创新特等奖获得者；他从事国际光学前沿领域研究，提出的新型涡旋光束和新型矢量光束的产生与探测技术等创新思想与技术，为光子轨道角动量的实际应用作出贡献；他以第一作者身份发表 SCI 收录的高水平学术论文 19 篇，申请国家发明专利 12 项，已授权 5 项。他就是付时尧，北京理工大学光电学院，电子科学与技术专业 2014 级博士研究生。

勤奋钻研，硕果累累的科研达人

作为一名北理工的博士研究生，付时尧师从光电学院高春清教授，参与国家 973 项目"基于光子轨道角动量的新型光通信体制"研究，此外他还作为项目负责人承接了北理工研究生科技创新重点项目一项。他的主要研究方向为新型涡旋光场与结构光场、单光子轨道角动量的产生与探测技术、携带有轨道角动量的光束的自适应畸变补偿技术与应用技术等。

付时尧的研究主要是围绕具有螺旋相位的涡旋光束和矢量光束及其应用，属于当前国际光学研究的前沿领域，不仅研究难度大，可参考的研究资料少之又少。面对如此高难度的挑战，付时尧并没有退缩，而是全心投入其中，查阅国内外资料，认真研究算法，反复推演公式，虚心求教导师和业内专家学者。作为课题小组负责人，付时尧带领团队研究生，超额完成预定科研计划，提出了新型涡旋光束和新型矢量光束的产生与探测技术、涡旋光束的无波前自适应光学校正方法等创新思想与技术，为光子轨道角动量的实际应用奠定基础，研究成果在国内外学术界产生影响。

读博 3 年多来，凭借在专业研究上的勤奋刻苦，付时尧以第一作

者身份发表 SCI 收录的高水平学术论文 19 篇,其中包含光学领域顶级刊物 *Photonics Research*、*Applied Physics Letters*、*Optics Letters*、*Optics Express* 10 篇;发表光学领域顶级国际会议(CLEO – PR 2017)论文一篇,并作学术报告;受邀参加国内顶级光学学术会议(2017 年中国光学学会学术大会),并做大会邀请报告;申请国家发明专利 12 项,已授权 5 项。同时,付时尧还成为美国光学学会(OSA)会员,担任 SCI 收录的 *Optica*、*Photonics Research*,*Optics Letters*,*Optics Express* 等光学领域高水平学术期刊审稿人,先后完成近 30 篇高水平论文的审稿工作,审稿质量得到国际期刊的好评。同时,他也担任国内 EI 收录的《光学学报》《中国激光》等期刊的审稿人。

时代担当,精彩生活的"理工男"

作为一名北理工的"老同学",付时尧是北京理工大学 2010 级本科生,本科就读于光电学院光信息科学与技术专业。本科期间,付时尧就显露出在科技创新和学术研究方面的浓厚兴趣,在刻苦学习各项课程的同时,积极参与到学校组织的科技创新活动中。早出晚归成为家常便饭,在同学们的印象中,自习室里总有付时尧默默努力的身影。

大二那年,付时尧曾带领同学设计并完成了基于红外探测的智能避障小车,在北京理工大学物理实验竞赛中获得了一等奖。大四期间,付时尧就以第一作者身份在学术期刊上正式发表了自己的科研成果。2014 年本科毕业,他以优异的成绩保送至电子科学与技术专业攻读博士,并荣获北京市优秀本科毕业生称号。

付时尧是"学霸"一枚,但并不是"两耳不闻窗外事"的"书呆子",科研以外,他的生活同样精彩。早在高中时,付时尧就光荣地加入了中国共产党,目前,他担任光电学院博士物电班党支部书记。他针对博士研究生分属不同实验室、集中起来较为困难等特点,积极与学院党委沟通,开设微党课、微交流会,划分党小组,将网络微交流打造为支部的工作特色。

除此之外,付时尧还积极参与社会实践与志愿公益活动,先后参加了北京国际长走大会、鸟巢"吸引"志愿活动、北京园博会志愿活动等。他还是暑期社会实践活动的骨干,在实践中不断丰富和提升自己。付时尧坚信,一个人的成长是多方面的,多参加社会活动也是不断完善自己的过程。

他守着一份沉稳,潜心科研,上下求索,成绩斐然。他秉着一双慧眼,敢为人先,追求真理,出类拔萃。骐骥一跃,不能十步;驽马十驾,功在不舍。以坚韧之势徜徉于科创,以自信之态徘徊于书山,因为年轻,有激情,敢创新,勇挑战,不言弃!

——付时尧荣获第六届"青春北理"北京理工大学
年度十大榜样之科研创新榜样颁奖词

策划:王征 韩姗杉

文案/编辑:王朝阳 王琛

新生故事 | 关键词:"北理工" "梦想"和"奋斗"

推送日期:2018 年 8 月 26 日

　　带着对大学生活的美好憧憬,8 月 24 日,3 915 名 2018 级本科新生从祖国各地来到了美丽的北理工,为校园注入崭新的生机与活力。在这级本科新生中,大约有三分之二出生于 2000 年,他们的到来,也标志着北理工真正意义地进入了"00 后"时代。

　　本期来分享入学之际,这些新千年出生的北理工学子的故事。

李昊霖:北理工校徽伴我奋斗"1 000 天"

　　"从上高中开始,我就将考入北理工作为了我的奋斗目标!"说这句话的是来自河北省衡水市枣强中学的李昊霖。2018 年,结束了自己拼搏奋斗的高中 3 年,李昊霖成为北理工睿信书院电子信息工程实验班的一名新生。当说起自己报考北理工的经历时,李昊霖总是笑称,这是一场提前 3 年就开始谋划、并一定要打胜的"战役"。

　　说起李昊霖的高中时代,虽然被班主任当作"得力助手",被同学们称为"阳光暖男",但在高一时他的成绩平平。而触发他奋斗"开关"的,则是一次与父亲好朋友女儿的聊天。李昊霖的这位姐姐以所在中学高考第一名的成绩考入了北理工,"当这位姐姐为我介绍北理工研制的那些国防利器和研究故事的时候,我被深深吸引了。"北京理工大学的光辉校史和为强军强国作出的巨大贡献,加上学姐那份作为北理工人的光荣自豪,让李昊霖默默立下考入北理工的志向。

"高中的时候,我们班主任为鼓励大家,在教室后面贴了不少名校校徽,其中就有咱们北理工的校徽。我特意从老师那要来了北理工校徽,贴在了自己笔记本的扉页上。"从此,这枚从雄鹰到和平鸽的"大树形"校徽,以及"北京理工大学"的校名,陪伴了李昊霖高中时代的一千多个日夜。

虽然有了坚定的志向,但奋斗的道路却唯有勤勉不息。对高一时的李昊霖来说,考入北理工的梦想似乎是一种天方夜谭。在详细了解北理工历年分数线,并对自己深入剖析后,李昊霖没有气馁更没有懈怠,开始为自己制订了详细的学习计划,一步一个脚印地追赶,一点一点接近自己的梦想。最终,在2018年的高考中,李昊霖以684分圆梦北理工。

"因为一定要考入北理工的坚定信念,高中的我不断进步,我更坚信,大学的我,梦想之花将灿烂绽放!"对于李昊霖而言,考入北京理工大学是对他高中3年努力的肯定,但这却只是人生梦想的起点,对于即将开始的大学生活,他满怀信心与期待。

齐翊深:我要到北理工学兵器!

"我最喜欢的电视剧是《我是特种兵》,我对里面的各种装备、枪械都有着极其浓厚的兴趣。所以早在我参加自主招生的时候,一看到北京理工大学的精工计划,我就很确定,这就是我的目标!"齐翊深的心中深深埋下了这颗"北理工兵器梦"的种子,之后经过高考,他如愿进入了北京理工大学精工书院精工学子系统实验班,为自己的成长寻得沃土,让梦想的种子在北理工生根发芽。"当时,我同时拿到了清华大学和北京理工大学的自主招生资格,并且两所学校是在同一天进行考试,到了北京之后,我在火车站附近徘徊许久,最终,我还是决定来北理工。"齐翊深回忆道。在选择的背后,是父亲的大力支持。"我爸爸一直都在关注北京理工大学的官网,报考之前,他还专门为我印制了一份厚厚的资料,内容有学校的历史和军工文化,还有学校这些年取得的各项成绩。我爸认为,北理工的军工文化,是一代又一代北理工人对祖国的承诺,更是对祖国的热爱,庄严、纯粹而又热烈!"谈到父亲的支持,齐翊深十分感动,"立足国防、矢志军工的办学特色,对我的吸引是无法代替的。"

对于齐翊深而言,进入北京理工大学,进入喜欢的兵器类专业,只是梦想的起点。"我期待能在课堂上学习更多的专业知识,期待能够遇到志同道合的良师益友,期待丰富多彩的课余生活,更期待在这里绽放自己的光彩。"齐翊深对即将到来的大学生活充满期待。

展望未来,齐翊深也有着自己的规划,"大学毕业后,我会继续读研深造,开阔视野,学习更多的专业知识和技能。我更倾向于成为一名研究型人才,将来为祖国的国防军工事业贡献力量。"

闫诗梦:14 岁的北理工新生人"小"志气大

闫诗梦,这个从甘肃陇南一个偏远小山村走出来的小姑娘,2018年将成为北理工求是书院理学与材料菁英班的一名新生,2004 年出生的她也是今年入学本科新生中年龄最小的。虽然年龄小,但闫诗梦就像自己的名字那样,"以梦为马,不负韶华",如同海子笔下"以梦为马的诗人"一般,"小"诗梦对于自己的梦想,执着追求。

"见之不忘,思之如狂。"闫诗梦这般形容她与北理工的缘分。

高中时期,闫诗梦就对理科充满了兴趣,但成绩却让她"乐"不起来。"因为我的年龄比同学们小好几岁,所以对知识的理解和接受可能比大家要差一些。所以一直以来,我都被成绩不高的问题所困扰,高二时甚至都开始怀疑自己是否适合学理科。"然而,人生的缘分,也许就在不经意间被点燃。正在困惑中的闫诗梦,在所就读的西和县第一中学某次高考动员大会上,无意间看到了北理工的招生宣传片,一句"德以明理,学以精工"闯入了她的耳朵,引起了她的注意,随后她认真地看完了全部视频。"当时,宣传片上正在播放北京理工大学研制的奥运焰火,五光十色的焰火,还有让我眼花缭乱的各种科技成果,我当时就被深深吸引了,对北理工'一见钟情'"。从此,"北京理工大学"深深地刻印在了闫诗梦的心中。

星星之火可以燎原,闫诗梦被彻底点燃了:"再难我也要坚持,我要上北理工!"为了时刻鼓励自己奋力前进,闫诗梦在自己的课桌上贴上了"北京理工大学"六个大字,"即使再累、再想放弃,看到这六个字,我立刻就满血复活了!就这样,我的成绩一天天进步,虽然离北理工的目标还很远,但我相信付出终有回报。"

2018年7月20日,高考录取结果公布,闫诗梦心怀忐忑,她在电脑前坐了3个多小时,一刻不停地刷新录取结果。"当查到我被北理工录取的时候,我真的太激动了,情不自禁地大喊大叫起来。"即使已经置身于北理工的报到现场,闫诗梦的声音里还是充满兴奋。

来到北理工,不是终点,而是梦想的起点。"我报考的是国家专项,再加上自己年龄小,我很担心自己的课程跟不上。不过,已经有北理工的学长给了我很多有益的建议,向我介绍了很多学习方法,告诉我只要努力,我也可以像大家一样优秀,甚至更优秀!"斗志昂扬的闫诗梦对自己的北理工大学生活充满了憧憬。当谈到优秀的北理工人应该是什么样子时,闫诗梦的回答简单有力:"我心中的北理工人应该是要在国家和社会的发展中作出贡献,实现人生价值。"

冯一凡:从小种下北理梦

每个人来到北理工都有着不同的原因,而对于来自北京市的2018级中外合作会计专业的新生冯一凡来说,来北理工上学是一个从小生长的梦想。

冯一凡出生于军人世家,曾祖父是一位抗战老兵,历经淮海战役、渡江战役和抗美援朝的战火洗礼,又奔赴大西北戈壁滩,投身"两弹一星"建设。到了冯一凡父亲这一辈,1998年当我国驻南联盟大使馆被炸,深感强国必须要有强大的国防,冯一凡的父亲"携笔从戎",投身于国防科技事业,奉献至今。而作为"红色国防工程师的摇篮"的北理工,也在父亲平常的描述中,逐渐有了越来越丰满的印象。

"因为从小生活在部队大院,接触到了比同龄孩子更多的国防话题。考进北理工,像父亲和叔叔阿姨们一样为国家奉献成为我儿时的梦想。"于是,在父辈的影响下,冯一凡逐渐开始关注这所低调务实、贡献卓越的新中国第一所国防工业院校,并为北理工的国防气质深深吸引,一颗北理梦的种子深深扎根心中。

临近高考,冯一凡所在的清华大学附属中学,也迎来了北理工的招生宣传老师。"招生老师给我提供了很多直接了解北理工的机会,不仅举办招生宣讲会,还建立微信群介绍北理工的各专业情况,随时对家长的疑问进行解惑,让我们第一时间掌握学校的详细信息。此前,毛二可院士还到我的中学举办讲座,同学们都被毛先生所讲的雷达技术深深吸引,也被他睿智严谨的人格魅力所折服。"

高考结束,冯一凡虽然没能进入心仪的专业就学,但他坚持要上北理工,最终选择了北理工中外合作会计专业。当得知自己儿时的北理梦终于实现时,冯一凡非常兴奋。"能够进入北理工这所我心仪的大学,与这么多优秀的老师和同学共同度过这4年,是我莫大的荣幸和满足。成为一名北理工人,让自己烙印上一份北理工的红色基因,我很自豪!"

拿到录取通知书的一刻,有心安,有感动,但冯一凡最多的还是梦想实现的喜悦。"北理梦,已经实现,但前路漫漫,启程在即,美妙的青春之歌,还要用激情、智慧和努力来奏响。"

"长风破浪会有时,直挂云帆济沧海!"又是一年入学季,北京理工大学又成为3 915名2018级新同学的新起点,这里有塑造学生品格、品行、品位的"大先生",有心有大我、至诚报国的教师团队,有银杏寄情、梧桐遮阴、延石披雪、湖光柳影的美好景致……这里也将见证你们4年的美好年华！担复兴大任、做时代新人，希望你们在北理工找寻到适合自己的发展方向，为国家社会作出自己的时代贡献，从北理工起步成为"胸怀壮志、明德精工、创新包容、时代担当"的领军领导人才！

出品：党委宣传部

供稿：王征　韩姗杉　王朝阳　吴楠　戴晓亚

摄影：姜乔　杨爽

编辑：戴晓亚

岁 月

1949,北理工的新中国初记忆

推送日期:2019 年 9 月 28 日

1949 年 10 月 1 日,伴随着毛泽东主席"中华人民共和国中央人民政府今天成立了"的洪亮声音,第一面五星红旗在天安门广场冉冉升起,礼炮鸣响,如春雷激荡。

1949 年 10 月 1 日,30 万军民齐聚天安门广场上举行开国大典,喜悦的人群与旗帜、鲜花汇成了锦绣海洋。

1949 年 10 月 1 日,天安门前,金水桥旁,三百余位身着土布制服的师生,见证伟大时刻,写就北京理工大学的"新中国初记忆"。

1949,我们,参加解放平津

"在当前的形势下,我们需要大量新的干部,新的人才。这些干部和人才需要具备新的技能和本领,为了支援战争,发展经济,我们需要强大的工业力量,奠定新的工业基础。"这是 1948 年 10 月 8 日,在华北大学工学院(今北京理工大学)的首个开学典礼上,时任华北人民政府公营企业部(简称企业部)副部长、被誉为"兵工泰斗"的刘鼎同志,这样介绍学院的办学方针和要求。

1948 年 8 月,从延安出发,在华北的战火硝烟中,辗转办学 3 年多的自然科学院（北京理工大学前身），整合力量，成为华北大学工学院，学校仍保持办学传统，直接服务于党领导的工业生产和建设工作，由企业部直接领导，和刚刚成立的华北大学仅保持组织联系，校址设在河北井陉。

开学后仅仅一个月，平津战役爆发，1949年年初，北平和平解放。在战役开始前，中央就开始准备对新解放的城市和地区进行接收，时任华北大学工学院院长的刘再生即被抽调负责筹备企业部平津接管工作，12月16日，又决定从华北大学工学院338名学生中抽调150名参加接管工作。

"一声令下，打起背包就出发"，当时参加接管平津的命令是突然下达的，学生们中断了实习等工作，由刘再生院长动员后，直接宣布了参加人员名单，学生们打起背包，当晚就出发到石家庄等候分配。次日清晨，学生们被分为两队后，立即前往天津和北平，除了行李由车辆搬运，全体学生徒步完成了300多公里的长途行军。

来到天津北平，面对刚刚解放后复杂危险的社会情况，参加接管的华北大学工学院学生分别在天津胜芳和北平石景山接受了军管会的突击培训，随后就投入紧张繁重的接管工作中。"制钉厂的技术员没有什么学历，原本是日本侵华时期的一个工头。他长期在这个厂工作，对生产非常熟悉，工人也信服他，还得依靠他把生产抓起来，遇到困难我们反映给上级军管会解决，这样我们就不至于陷入日常的生产事务中，就有精力深入做群众工作，了解情况，宣传和组织群众。"当时参加接管工作的华北大学工学院学生寇平曾撰文回忆，他之后撰写的关于接管工作报道，还被《天津日报》安排在头版中央突出位置发表。

天津制钉厂、制冰厂、油墨厂、起士林餐厅……，北平的石景山发电厂、华北钢铁公司及所属石景山钢铁厂、京西三大煤矿、华北水泥公司及所属琉璃河水泥厂、七十兵工厂、第一机械厂……，在一大批平津工矿企业的接管工作中，都活跃着华北大学工学院学生的身影。

1949年5月24日，华北大学工学院又接到公营企业部的命令，组成接收小组，由时任副院长曾毅带队，代表华北人民政府对北平中法大学进行接管。"我的父亲曾在中法大学工作过，我和中法大学的教师们比较熟悉，而我又被抽调成为接管组的成员，所以在入驻接管的前一天，我专门请示了曾毅同志，提前去中法大学看望了这些我父辈的老师，当他们得知我也是接管组的一员后，都仿佛松了一口气，能够有个熟人代表新政府来接管，沟通交流起来，也会顺畅很多。"已经91岁高龄的学校离休干部匡吉这样回忆当年的经历。

在时任中法大学校长、著名教育家李麟玉先生的带领下，中法大学师生不仅积极配合接管工作，还热情为华北大学工学院提供各种支持。1950年9月，按照国家要求，中法大学停办，除数理化三系并入华北大学工学院外，校本部全体人员也都决定到华北大学工学院工作，有效地充实了当时华北大学工学院的办学力量。

参加平津接管工作，参加解放中国的伟大事业，这不仅给予了华北大学工学院青年学子肩负时代责任的无上光荣和在历史洪流中宝贵的成长锻炼，也成为学校办学发展历程中的伟大时刻，更是学校"不忘初心、牢记使命"，为中国人民谋幸福、为中华民族谋复兴的历史践行。

1949，我们，亲历开国大典

1949年7月，华北大学工学院接到了向北平迁移的命令，8月7日，第一批师生开始从河北井陉出发，分批迁移工作到月底全部完成。

初入北平的华北大学工学院师生，还没站稳脚跟，就马上投入一场热火朝天的"战斗"中。1949年9月，开国大典正在紧张筹备，其中清理天安门广场是当务之急。当时，这座保留着明清两代建制的广场,东西两侧的红墙尚未拆除,一片荒芜,杂草丛生,垃圾堆得都超过了红墙高度,从东单到南河沿路口的东长安街北侧更是堆起了一条垃圾长龙,环境十分脏差。为清理天安门广场,中央和市委成立了专项指挥部,组织机关团体和学校义务劳动,北平各个大学都积极参与其中,指挥部还制定了检查评比标准,一场劳动竞赛随即展开。

刚到北平的华北大学工学院更是不甘人后,组织师生加入这火热的行列中。"学生们不知疲倦,衣服被汗水湿透,汗水哗哗地往下流,尤其还下过雨,颇有寒意。秋雨又伴着大风,雨水又把垃圾淋成泥潭,又滑又脏。学生们仍然干劲十足,淋着雨迎着风在泥泞的广场上,跌倒了爬起来,情绪高昂。唱着《没有共产党就没有新中国》等歌曲,边干边唱边笑。"当时担任学生会骨干的李宜今在文章中这样回忆了当时干劲朝天的场景。

在天安门前静候开国大典的华北大学工学院学生

虽然当时很多人并不知道这些身着土布制服的学生来自哪个学校，但一声哨响，挥锹抢铲，时间一长就分出了高下，华北大学工学院学生们在劳动中表现突出，干得又多又快又好。最后，经指挥部统计，华北大学工学院战胜所有单位，获得了劳动竞赛第一名，华北大学工学院的名字通过天安门城楼的扩音器响彻广场。

1949年的秋天，新中国成立的脚步日益临近，师生们心中对开国大典充满期待，渴望见证这一伟大的历史时刻。不久后，这所由党在抗战烽火中创建，为建立新中国作出贡献的红色大学，也迎来自己见证胜利的高光时刻。

"9月底，学校领导介绍了中央开会的一些情况，如政协会议、国旗、国徽、国歌等，并公布我校将参加10月1日的开国大典。同学们听到这个喜讯都无比高兴，还准备了在夜间游行的火把。"北理工离休干部姜文炳这样回忆了当时的情景。

能够全体参加开国大典，得益于华北大学工学院由当时的企业部也就是中华人民共和国成立后的中央重工业部直接领导，师生均为中央机关干部编制。因此，参加开国大典的华北大学工学院师生，便列队于中央机关区域，在长安街北、天安门前近距离感受毛主席等开国元勋和受阅部队的风采。"我们当时观礼的位置不是在天安门对面的广场上，而是在天安门前，靠东侧的太庙门口，也就是今天劳动人民文化宫门前，可以说距离天安门城楼非常近。"当时还是22岁青年教师的匡吉这样回忆。

开国大典阅兵结束后，华北大学工学院师生又参加了群众游行，光荣列队从天安门前通过。"我们学校的队伍由天安门东走到西单。在通过天安门时，看见毛主席，我们高呼'毛主席万岁'，毛主席不断向我们挥手致意，大家都非常的兴奋。"当时还是华北大学工学院学生的北理工离休干部姜炳文，回忆起70年前一幕，仍然激动不已。华北大学工学院师生的游行队伍走到西单向南，从东交民巷到王府井大街，夜幕降临，大家点起事先准备好的火把，照亮大路，一直向北回到学校。

1949,我们,做新中国的新型学校

1949年9月,初到京城的华北大学工学院,可谓是北平高校"朋友圈"的新成员,与民国时期在国统区建设发展的大学不同,来自解放区、由党创建、历经战火的华北大学工学院,马上展现出一所由党创建的新型学校与众不同的风范和气质,为新中国高等教育事业作出自己的贡献。

早在进北平之前,华北大学工学院就进行了深入的思想教育和工作准备,学习了中央相关精神和文件,将进城作为一场考验,明确要树立远大目标,谦虚谨慎,善于学习,保持艰苦奋斗和密切联系群众的革命传统。进城后,华北大学工学院学生享受国家供给制,统一穿着灰色或黄色的粗布制服,女生穿着列宁服,头戴八角帽,个个精神抖擞,在穿着西裤、长袍和旗袍的北平大学生中特别显眼,树立了解放区大学生的新形象,在参加高校大型集会和活动时,华北大学工学院学生的组织性、纪律性和高昂的革命热情,给北平高等学校注入了一股新鲜空气。当时,华北大学工学院的师生出门上街也列队行走,并不坐车,整齐的队列总能引来行人的惊讶羡慕。

不仅如此,华北大学工学院学生也将革命的好传统实实在在地体现在行动中,展现出全新气象。"当我走到最热闹的东单大街时,惊奇地发现同学们正卷起袖子,挽起裤腿,用铁锹和镐挖沟,平整土地,修马路。对我而言,星期日,大学生修马路,简直是不可思议!"1949年8月刚刚从上海毕业来到华北大学工学院工作的熊楚才,在之后的回忆文章中写下了自己对华北大学工学院学生的初印象。更有些华北大学工学院学生,在街上见到贫苦市民,还会主动送出仅有的钱物。后来,伴随着华北大学工学院影响力逐渐增大,很多学生放弃名牌大学向往"到华北大学工学院来参加革命"。

来到北平办学,学校面临的困难很多,不仅校舍不足,而且经费和教学实验设备也一时缺乏,但是学校仍然坚持高标准办学,通过借

用清华北大等高校的教学资源，确保教学质量，教师们夜以继日地工作，集中解决各种困难。

当时，华北大学工学院对学生的思想和教学都抓得很紧，学生不仅要开展政治学习、传统教育和形势报告会，学校还给每个班级订阅了一份报纸，每天自习前的读报都是固定的学习环节。在知识学习上，学生们充满热情，早上5点起床跑步、上自习，一天的课程结束，到晚饭后还要自习，到九点半才能睡觉。有一次，学校在钱粮胡同的大教室请清华大学几位著名教授介绍当时的前沿科学技术，讲完课后，清华的教师们对曾毅副院长讲："你们坐在前排的那些小同学，聚精会神听讲，个个眼睛贼亮，我们很少见过这样的学生！"

建国初期，华北大学工学院在办学理念上也有自己的特色，首先是不拘一格选拔人才。初到北平学校急需大量优秀教师，于是在全国范围内多方延聘教师，迅速形成了以教授、副教授为主体的强大教师阵容，其中全国知名教授不在少数。

"有曾任北洋大学理学院院长的陈荩民教授，曾任长春大学校长的张玉军教授，曾任西北大学理学院院长的赵进义教授，曾任四川大学数学系主任的胡助教授等人，他们各自的学术观点与教学风格交汇融合，不仅有力地培养了青年教师，也使青年学生耳目一新，这是华北大学工学院教学上的一个特色。"曾在北大、西南联大任教，之后在建国初期来到华北大学工学院的数学名师孙树本教授在文章中这样回忆当时的数学学科建设情况。

学校对教授们教学上的尊重，最大限度地发挥了他们的专业所长，加上一些良好的教学做法，都确保了较高的教学质量。

当时，为了帮助学生提高学习效率，教师们不仅主动编写中文讲义，还注意传授学生课前预习、记笔记、复习做题等学习方法。特别是学校还保持了解放区传统，建立了答疑辅导制度，为每个班安排专门自习教室，除了上课，学生都在本班教室自习，学校在课表上设有复习答疑时间，主讲老师和辅导老师都来答疑。这种答疑制度在1951年暑期教育部召开的会议上得到了肯定，这个时期教人而不是教书的新观念成为教师们的共识。

除此之外,华北大学工学院还倡导任课教师要主动关心学生、理解学生,建立良好的师生关系,这与旧大学教师和学生上课来、下课走形成了鲜明的反差。这不仅提升了教学成效,更重要的是师生之间在思想上也实现了教学相长、共同进步。"在上几十个人的小班课时,我必须在较短的时间了解学生,认识学生。例如有个学生初次离家,时常想家,不能安心学习。我劝他多写信回家报告学习情况,使他生活愉快,心情舒畅了。"孙树本在文章中这样回忆。

值得一提的是,华北大学工学院还为各班级配备一名专职脱产辅导员,主要是做学生的政治思想工作并关心学生的生活。"那时我们这些青年学生刚刚步入学校,正确的人生观和世界观还没有树立起来,辅导员和我们生活劳动在一起打成一片,了解我们的学习生活和思想情况,有的放矢地与我们谈心、讲时事、讲学习目的和为人民服务的道理。有一次班里同学犯病起不来床,辅导员马上请来医生看病,我们都很感动。辅导员成为同学们的贴心人。"1950年,就读于机械专修科的刘万和、顾鸿翔在回忆华北大学工学院学习生活往事时这样写道。

建国初期,华北大学工学院的学生们不少都是在解放前就参加了革命工作的干部,属于从原单位抽调上来读书的"调干生",所以党团员比例比较高,丰富的党团活动也成为华北大学工学院的特色。而同学间的关系,更是保持了解放区的革命传统,互帮互助、真诚相待。全体学生有定期的"组织生活会",会上每个学生都可以谈自己的学习生活思想等各方面,分享近期的优缺点,大家相互批评和表扬彼此,坦诚相见,胜似亲人。华北大学工学院曾邀请所接收的原北平国立高工的学生参加这样的生活会,这些北平的大学生第一次见到这个场面,就被这种真诚的同学关系深深触动,发出"这真是难以想象的高境界"的感慨。

1949,新中国初生之际,北理工留下许多宝贵记忆,不忘初心,牢记使命,一代代北理工人,带着全新气象,发扬光荣传统,传承红色基因,书写出矢志强国的贡献与奉献。

2019年,新中国成立70周年,普天同庆!

2020年,北理工80周年校庆,未来可期!

出品:党委宣传部

策划/撰稿:王征

素材来源:《华北大学工学院回忆录》《桑榆情怀》

(离退休工作处/离退休教职工党委编写)

图片来源:北京理工大学媒体资源中心 公开网络

编辑:王征 韩姗杉

35年的发展,让我们从钱学森的一封信说起……

推送日期:2019年1月28日

  工业设计是技术美术也属文艺工作,所以毛泽东同志《在延安文艺座谈会上的讲话》是有指导意义的。中央对文艺工作的方针政策一定要贯彻。

  工业设计又是现代科学技术的体现,所以又是科学。这方面外国的好成果应为我们所用,如工效学(ernogomics),也可扩展为人·机·环境系统工程……

  美学属哲学,是文艺工作的哲学概括,上接马克思主义哲学。工业设计作为技术美术,其哲学概括是技术美学,乃美学的组成部分……

——摘自1990年7月14日科学巨匠钱学森先生
致时任北京工业学院(北京理工大学前身)校长朱鹤孙信

  1978年,党的十一届三中全会召开,中国共产党作出了实行改革开放的伟大决策。40年来,改革开放,春风化雨,改变了中国,影响并惠及世界。

  在改革的时代大潮中,北京理工大学始终与党和国家的发展同向同行,坚持巩固传统优势,并实现了"由单一的工科向以工为主,工、理、管、文多学科发展转变"等"五个历史性转变"。正是在这波澜壮阔的变革中,中国高校相继开设设计专业,中国设计也在不断升级蜕变中自信前行。北理工的设计学科也从初创、发展到壮大,开启了自己的绽放之旅。

在改革开放中应运而生

"改革开放前,中国还没有'工业设计'这个词。那时候我们国家的产品,'傻大黑粗'就是它们的代名词,特别是在装备制造领域,更是缺乏工业设计。"2018年8月,中国工业设计协会原会长朱焘在接受《中国工业报》记者采访时这样介绍。在改革开放的最初10年,伴随着国门打开,中国人的思想观念为之一变,国家和社会逐渐认识到工业设计的重要性,中国的工业设计也开始起步发展。

在时代大背景下,改革开放的春风同样吹动着京工校园。按照学校多学科发展的整体战略布局,1983年8月,经原兵器工业部批准,学校在基础部正式成立"工业产品造型设计研究室"。同年11月,工业设计系筹备组成立,吴永健任组长。作为国内探索设计类高级人才培养的最早一批拓荒者,成立之初的筹备组面对的是"无教材、无师资、无大纲、无场地"的"四无"境地。开创事业,困难总是难免的,但传承"延安根、军工魂"的北理工人凭借着一股艰苦奋斗、自强不息的创业精神,直面挑战,开拓前进。筹备组组织教师赴湖南大学进行调研学习,搜集资料编写课程大纲和教材,并利用原兵器工业部所拨专款在附属小学对面的空地上,建成了300平方米左右的教学用房。

同时,筹备组决定先尝试着开办"工业产品造型设计培训班",为日后的正式招生打好基础。"培训班一共办了四期,半年一期,在全国范围内招收学生,来的大多是各地企业里的精英,四期培训班的毕业成果邀请了当时的人大常委会副委员长和国家体委主任验收。"筹备组成员之一王秉鉴老师回忆道。培训班成果斐然，不仅证明了创办工业产品造型设计专业的可行性，也得到了上级领导和学生的一致认可。1987 年，经过 4 年的筹备，工业设计系正式成立，学校也成为国内最早设置工业设计学科体系的高校之一。

北理工的设计学科走过了 35 年发展历程，回首来时路，可谓硕果累累，前途正好。设计学科和设计学院正是在改革开放中应运而生的，也是学校服务国家需求办学的生动实践。在创建发展的过程中，离不开学校几代领导者的高屋建瓴，也离不开学校上下的鼎力支持，更有设计人的奋斗拼搏。

设计学院党委书记郭宏这样谈及自己的感受。

知行合一，锻造人才

1985 年，工业设计专业正式招生，第一届本科生 20 人，标志着学校设计类高级人才培养的正式起步。起步之际，工业设计专业就十分注重将理论与实践相结合，培养优秀的设计人才。

学校设计专业在开办初期，就十分注重教材编写，这对于当时还处于探索成长时期的国内设计高级人才培养的大环境来说，十分难能可贵。1986 年，《十四系（工业设计系）所开课程教学大纲（试行）》正式编印。1991 年，作为高等学校工业造型设计专业教学指导小组组长单位，工业设计系参与编写《工业设计方法学》《视觉传达设计》等系列工业设计专业教材，并由学校出版社出版，面向全国发行，这是中国第一套工业设计高等教育教材，在全国设计界、设计教育界引起广泛关注。

除此之外，在正式招生之初，设计专业就高度重视对学生动手能力的培养，建立了工业产品造型实验室，设有学生模型创作室、机械加工室、塑料热成型室、油泥石膏模型制作室、木模型加工室、喷漆喷绘室、电气焊室及计算机房等设施。

当时深圳那边给了我一个吊车的项目,我出了两份设计方案,然后把模型的设计任务分配给全班学生,学生们反响也很积极,我们就全班人一起讨论着,完成了吊车的设计任务。

王秉鉴老师回忆道。

建系之初,工业设计专业教师经常脱离书本,用真实的案例培养学生的实践能力。

为了加强学生培养,工业设计专业将重视教师队伍建设作为重点工作之一,教师们积极地参加国内的高水平学术活动,扩大影响,提升自身业务水平。

当时系里面十分注重教学,青年教师前3年更多的教学任务是跟着有经验的教师做助教,不管是小学期还是日常的课程。

设计与艺术学院副院长杨新这样回忆。

1985年3月,多位教师参加在北京召开的"全国高等院校工业设计学会"成立大会和第一次全国工业设计教育学术交流会,参与讨论成立了"工业设计高等教育学会"。1989年,简召全、吴永健等作为中国工业设计代表团成员,参加在日本名古屋举行的第16届世界工业设计协会联合会年会。1989年,教师王秉鉴被评为全国优秀教师。

这些专业建设初期的开创性努力,为今后学校设计学科的发展奠定了坚实的基础,几十年后,人才培养也结出硕果。

"我学会了学习,完成了从自然人到社会化的教育,扩大了眼界,培养了专业素养,这些都是在大学完成的,我觉得我的大学上得还是挺波澜壮阔的,我在理工待了八年半。"小米科技联合创始人、高级副总裁、小米生态链负责人刘德这样回忆自己的北理工设计时光。作为工业设计系1992级本科、1998级硕士校友,刘德接受采访时说:"到了四年级的时候,我们已经在所有的权威资格赛都拿到奖了,所以那是一个特别有趣的探索的时代。"

正是得益于对人才培养的着力投入,一批如刘德一样的优秀设计学子已经成长为国内设计行业的杰出人才,并为国家和社会书写了属于北理工设计人的精彩篇章。

军民融合,做中国设计

在扎实做好人才培养的同时,伴随改革开放,人们对于设计的认知不断深化,迸发出对优秀设计的更多需要。乘着改革的春风,北理工从工业设计系到设计与艺术学院,不断探索耕耘,深化学科发展,广泛服务于国家社会需求,迅速形成了自己的特色并产生广泛的影响力。

在工业设计系成立之初,一批优秀的教师积极参与社会企业合作,直接为我国工业产品的设计优化贡献专业力量。之后,伴随着办学规模的扩大,工业设计系在科研合作方面更显露出较强实力,在业界产生了积极影响。从设计旅行车、包装机等工业产品,到主持大型建筑、大型空间的设计,北理工设计人在不同的领域屡有斩获。

1996年,教师庄虹承担了人民大会堂海南厅总体设计,这也是人民大会堂第一次委托个人设计师进行设计。沙黄色墙裙,夹杂灰色条纹的白色大理石墙面,结构柱做出的椰树状拱券,四盏槟榔树造型的落地灯,藻井内吊挂的玻璃珊瑚片,绣着大海退潮后沙滩纹样的地毯,"椰风""海韵""路回头"主题的浮雕……一张张明确标注出具体选材、施工方案等细节的手绘设计图,不仅体现了现代时尚的设计理念,还切合了海南省当时要大力发展旅游业的想法。很快,这份投标书脱颖而出,不久,庄虹被通知前往海南省人民政府驻北京办事处签约。

因为要在两会前验收、试运行和安检,所以给我的工期只有两个月。除了按照原计划推进工程建设外,我在现场得知人民大会堂吊顶要求10年内不许有裂纹,而由于温差较大,原有的块状拼接模式无法避免这一问题,于是我想出了加线条、图案设计的方法进行规避。这件事情解决完,我心里的大石头也算落地了一半。

庄虹回忆说。

值得一提的是,除了积极面向社会开展工业设计研究合作,在学校军民融合发展的整体背景下,工业设计系也探索参与军用设计项目。1990年,王秉鉴、王铁桩两位教师代表工业设计系负责承接了电子工程系某项目沙盘制作任务,接受了部级鉴定,并参加了"七五"预研成果展,可谓设计系参与军工科研项目的初次尝试。之后,1999年,工业设计系正式主持开展了"某型车内外造型与人机设计"项目,这成为工业设计系首次参与军工项目设计,也为开创具有北理工特色的设计学科发展之路奠定基础。2009年,由设计学院集体设计的陆军装甲战车项目光荣地参加了中华人民共和国成立60周年阅兵仪式,而在这次国庆阅兵式上,阅兵方队身披的"数码迷彩"和多辆游行彩车均有北理工设计人的参与。

2002年设计与艺术学院正式成立,逐步建构了工业设计、环境艺术设计、视觉传达设计、传统工艺美术、造型艺术、艺术理论与研究等多元化的专业方向。围绕学科建设,发挥军品设计特色方面,学院逐渐在工信部重点专业的专业建设、重点实验室的平台建设,以及国防工业艺术设计创新人才培养等国家级科研项目等方面取得了亮眼的成绩。在新世纪的第一个10年,设计学院逐步形成了依托理工、设计与艺术相结合的综合性专业发展格局,发展也日趋国际化。学院相继举办了第二届海峡两岸工业设计研讨会、国际工业设计联合会北京理事会年会、"06"北京第一届无障碍设计国际学术研讨会、亚洲国际设计论坛等一系列高水平学术活动。2013年后,学院与荷兰代尔夫特理工大学、德国伍珀塔尔大学、德国奥芬巴赫大学等相继签订合作协议,在学生交换培养、建立短期学生设计工坊、教师访问交流等多个方面达成合作意向,同时来自美国、欧洲、日本的一系列知名学者纷纷来到学院举办讲座。时至今日,依托"北理工百家大讲堂"以及学院

"意匠之门"等的高水平国际化系列讲座已经成为教师艺术交流与学生美育提高的重要平台。

面向学校"双一流"建设,设计学院今后将牢牢把握学校的理工学科优势,致力于设计与理工和人文等学科的跨界、交融创新特色发展,坚持以培养人才为己任,应对社会变革对设计与艺术创新的需求,不断深入研究高等设计教育发展规律,探讨设计学科及其在当前中国发展中的特殊性,开展设计学科前沿领域的国际性、综合性研究,逐步探索与引领设计研究与设计教育行业的未来发展方向。

设计与艺术学院院长杨建明这样展望学院的未来。

习近平总书记在纪念改革开放 40 周年大会上说:"改革开放已走过千山万水,但仍需跋山涉水。"在改革开放的时代大潮中,老一辈北理工人以敢闯敢干的勇气和锐意进取的担当,闯出了北理工的"设计艺术之路",如今在建设中国特色世界一流大学的征途中,风华正茂的北理工设计艺术之花将在新时代继续精彩绽放。

出品:党委宣传部
供稿:王朝阳　王征
摄影:设计与艺术学院
编辑:戴晓亚

新语北理

回眸四十载，经心筑梦，管奏华章

推送日期：2018年12月14日

　　2018年是改革开放四十周年，伴随着改革开放，北京理工大学完成了"由单一的工科向以工为主，工、理、管、文多学科发展转变"等"五个历史性转变"。特别是在20世纪80年代初，学校相继成立管理系、计算机系和工业设计系，为今天的多学科发展奠定了坚实的基础。"改革开放四十周年系列报道"聚焦这一时代背景，通过讲述计算机、管理等学科专业的创建和发展历程，"以小见大"，展现学校在改革开放历史进程中取得的不平凡成就，以激励师生建功立业新时代，为建设中国特色世界一流大学作出新贡献！

　　1978年12月，党的十一届三中全会胜利召开，自此，中国开启了改革开放新时代。改革开放是决定当代中国命运的关键抉择，是党和人民事业大踏步赶上时代的重要法宝。

　　时代大潮，波澜壮阔。在改革开放的过程中，学校始终坚持服务国家重大战略需求的办学理念，与国防工业实行军民结合战略性转变、国家教育体制机制改革同步，在弘扬延安精神和良好的校风、学风，巩固军工学科在国内领先或前列地位的同时，实现了"五个历史性转变"，其中，位于首位的就是"由单一的工科向以工为主，工、理、管、文多学科发展转变"。

1978年，管理系开始筹建；1980年，企业管理系统工程系（十系）成立；1984年第一届工业管理工程专业30名本科生毕业；1985年增设管理信息系统本科专业；1987年增设工业外贸本科专业；1992年更名为管理学院……在改革开放大潮中，在学校"五个历史性转变"背景下，学校管理系从初创到发展、壮大，在管理学科的领域上书写了属于北理工的精彩。

京工管理系：在改革开放中生而奋进

1978年8月，根据"把学院办成工、理、管、文相结合的多学科大学"的发展定位，北京工业学院（今北京理工大学）在隶属教务处的企业管理教研室基础上，开始筹建工业管理系统工程专业，洪宝华、任隆育、金胜谟三位老师成为筹备小组成员。

早在1952年，咱们学校就为学生讲授工业管理的课程。改革开放初期，学校开始是准备成立管理专业，并没有单独成立管理系的打算。但是从未来发展考虑，从管理学科建设考虑，仅有管理专业是不能具备很好的发展基础的，覆盖范围不够全面，今后还要设立会计、管理信息、工业外贸等专业来支撑管理学科的发展，于是我们就向学校和兵器部申请成立企业管理系统工程系。

曾经亲自参与创建管理系的洪宝华老师介绍起创系的来龙去脉，仍然声若洪钟。

已经91岁高龄的洪宝华教授，建国前就入学上海财经大学企业管理专业就读本科，之后成为我国20世纪50年代哈尔滨工业大学最早培养的硕士研究生，是仿照苏联高等教育模式和培养方案培养出来的我国最早的管理硕士，先后在哈尔滨工业大学、北京理工大学任管理学教研室主任，是我国管理学界的著名专家和老前辈。

当改革开放的春风吹来，在计划经济向市场经济转变的过程中，对管理科学可谓"一无所知"的政府和企业管理者们，产生了对管理学习的巨大需求和热情，一时间点燃了曾经是"冷门"的管理学。作为资深的管理学专家，洪宝华等老师敏锐地意识到伴随着改革开放不断深入，管理科学在未来中国将大有可为，应运国家需要，把握时代脉动，这成为推动管理系成立的最重要动力。

经过洪宝华等专家的积极努力，在当时学校隶属的第五机械工业部的指示下，1980年1月学校正式下发文件，宣布成立企业管理系统工程系。

万事开头难，"从无到有"的管理系在建设初期也面临许多困难和挑战。

由于建系时间比较早，当时全国没有成熟的典型进行参考。对于所有老师来说，都是新的领域、新的尝试，大家真的算是白手起家。刚开始的时候，加上学校也处于物资紧张时期，管理系确实是'房无一间，地无一亩'，办公室就只有一间，还是主楼的工友休息室，房子面积也就10平方米左右，坐3个人房间就满了。当时共有教师12人，行政人员6人，都是从不同的地方转战到管理系。当务之急是需要先把硬件配齐，解决行政人员的办公用房问题。

时任行政负责人姜文炳老师回忆道。

经过开始的过渡时期，在学校的支持下，管埋系终于在当时的6号楼申请到10间办公用房。

6号楼是宿舍楼，一层是管理系办公室。虽然有种种困难，但是大家还是积极展开工作，购置家具，把这10间房作为教室和教研室。

曾经亲自参与创建管理系的金胜谟老师补充说。

改革开放带来了社会生产和经济的大发展，这既给管理学科带来难得的发展机遇，也对管理学科的人才培养等提出了更高要求。如何建好学校的管理学科成为创业者们的一致追求。带着思考，管理学人将目光转向国际，向管理学更加发达的国家学习，成为建系之初的重要思路。1980年，刚刚改革开放之初，管理系就邀请到第一位访问学者，这位美籍华人学者充分介绍了美国企业管理的情况，介绍市场和企业的关系，拓宽了师生的视野。同年，管理系三名教师组成考察团赴美考察，第一次实现"走出去"。通过与国外管理学界的交流，管理系教师们对世界先进的管理科学有了更深层次的了解，突破自我认知的局限，认识到管理科学涉及市场、经营和财务等更加丰富的领域，教师们的思想也从计划经济思维向市场经济思维转变。正是在与国际接轨的基础上，管理系的教学计划逐渐增加了企业管理、市场营销、国际贸易、人力资源等课程。

"管理学院成立后发展很快"，管理学院首任院长甘仞初教授这样回忆，"1994年3月，首批工商管理硕士（MBA）入校学习。1996年管理学院有了第一个博士生，研究方向是自动控制在管理学上的应用。到如今，学院也逐渐发展成为规模比较大的学院，有管理科学与工程、工商管理、应用经济学三个一级学科博士点，学术水平也不断提高，在2017年公布的第四轮学科评估结果中，管理科学与工程更是获得A类的优异成绩，排在国内前10%。回首过去看现在，奋斗精神不息，我很欣慰！"

培养"理工成色十足"的卓越管理人才

管理系创建之初，"北京工业学院的管理系应该办成什么样"始终是创系者们讨论的核心问题。为了找到答案，形成共识，教师们下了一番功夫。

改革开放初期，洪宝华、谷宝贵、任隆育三位教师就参加了机械部在武汉工学院组织的工科院校管理学科研究会，而金胜谟则前往大连学习美国管理学课程。之后，几位骨干教师在上海汇合，对上交、复旦、同济的管理院系进行调研。这一时期，管理系的教师们还深入工厂、企业进行调研,结合实际,探索建立学科专业体系。最终,通过调研取经,结合学校当时"工理管文"的学科发展模式,大家一致认为管理系的学科专业建设必须突出学校"理工"特色,要培养工业管理人才。"我们以数学、经济理论、科学技术三门课程为基础课,加上运筹学、质量管理、机械制图、电子工程等课程,制订了当时的教学计划,拟定了管理工程专业。"洪宝华说。

能看图纸,能下车间,能进行进出口业务,外语还好,1988年招收的第一届工业外贸专业28名本科生毕业时,用人单位都是上门抢人!

回想起当时的一幕幕,张晓甦很是激动。

"我们要办就办出自己的特色!"管理系学科建设除了在课程设置和师资队伍建设上突出理工特色,还着力加强学生的实践培养,充分与生产实际相结合,深入企业。

郎志正回忆说:

那时候带学生到太原某军工厂实习,我要求他们必须具体操作机床。因为只有真正地深入生产,才能知道怎样保障质量,怎样提高生产效率,怎样促进企业发展。

谈到学生的实践培养,甘仞初也颇有感触:

学生们去化工三厂、运输公司等地实习时很拼,当时很多领导跟我反映,学生经常很晚睡觉甚至通宵,让我要求学生注意休息。但我知道同学们是按照老师的要求,在仔细了解熟悉工作流程,采集每一环节的生产数据,只有这样,他们才能以系统思维搭建符合企业生产实际的数据模型。

为管理人才烙印上"成色十足"的理工特色,教师们带着这样的理念,不仅授课认真,还自己编写教材,精心制订培养计划,为管理系的学生打下扎实的理工科知识基础。许多当年的学生回忆,虽然在上学的时候也对专业课的设置感到迷茫,不少人面对理工科专业课感到"压力山大",但来到实际工作中,既懂管理又很懂工业生产的复合型优势一下子就凸显了出来,工作岗位上的得心应手,让毕业生们迅速成为管理岗位上的骨干,担当重任,获得更大的发展。

倾心育人　初代"管理学生"奋斗成才

谈到管理系的创建,除了倾心付出的教师们,管理系的首届学生不得不提,他们既是管理系创建发展的亲历者和参与者,更是管理系发展至今,始终坚持立德树人、聚焦人才培养的最好体现。

1980年9月,刚刚建设的管理系迎来第一届本科生,班号10801班。作为改革开放后,较早开始招生的管理专业,成熟的教材无处可寻,教师们只能一边授课一边撰写教材,金胜谟就在这样的教学中,编写出66万字的《企业经营计划》,到现在手上还有当时笔磨出的厚厚老茧,洪宝华所编写的《市场营销学》,成为该领域全国第一本教材。

当时,出版的教材很少,每次上课用的讲义都是老师们精心编写的。

老师勤奋,同学们学习热情也高涨,改革开放后,我们对于知识无比渴望,在学校我们基本上是教室、宿舍、食堂'三点一线'的生活。

作为首届管理系学生的卢忱这样回忆道。

"专业上指导,能力上培养,生活上关心",对于第一届的31名学生,管理系可谓举全系之力精心指导呵护。

郎志正老师是我们的班主任,他以一种包容的心态培养我们。不仅教育同学们多学习,还鼓励大家做学生干部,承担学生工作。

作为管理系第一届学生,系里有意识地培养我们的管理能力,郎老师在班里推行班委轮流制，让每个人在为班级服务的过程中得到锻炼能力的机会。我切实感受到了自己的成长，这对以后步入工作岗位、适应环境、调整自我都起到了促进作用。

80级管理系学生陈冬牛回忆道。

积极参与社会工作，充分锻炼能力也成为一种共识，管理系的首届学生曾经包揽学校书画社、通讯社、摄影协会"京工三大社团"负责人，更自发组建了当时首个学术性社团"管理研习会"。

除了学习和能力培养，管理系的老师们对学生们生活上的关怀也无微不至。

记得入学的时候，系里的老师们自己骑着自行车把学生一个一个从迎新站接回宿舍，周末还常叫我们去家里吃饺子。搞班级活动，为了培养我们的爱国情怀，郎老师还自己出钱包车带我们参观长城。

卢忱回忆道。

立德树人，倾心育人，四十年硕果累累。管理系80级的首批"管理人"，带着在学校的收获与成长，活跃在社会的各行各业，为国家建设和社会经济发展贡献力量，涌现出云南省农业厅厅长王敏正、香港百仕达控股有限公司董事会主席兼总经理欧亚平等一批杰出校友。值得一提的是，1998年9月7日，同为管理系校友的欧亚平夫妇向学校捐款100万元，设立奖学金、奖教金，成为当时学校收到的最大一笔个人捐款，欧亚平同时受聘为北京理工大学基金会名誉会长。

壮阔东方潮，奋进新时代。回望改革开放的四十年，在时代大潮中，管理系从无到有，管理学科由弱到强。今天，管理学院不仅拥有8个系、5个本科专业、三个一级学科博士点，还拥有高水平的师资队伍，科研经费过亿，建设了多个高水平科研中心、教学中心、实验室和创新基地，大力开展国际化办学，更通过国际AMBA认证、EQUIS认证、CAMEA认证，办学能力获得国际认可。

涓涓小溪，一路奋发前行，终成大川的兼容并蓄。管理学科的发展，是学校在改革开放中，解放思想、实事求是、艰苦奋斗的生动写照。面向未来，改革的任务并未完结，创建中国特色世界一流大学，还需我们弘扬爱国奋斗精神，建功立业新时代，把握立德树人根本任务，聚焦人才培养中心工作，继续深化综合改革，不断加快"双一流"建设步伐，共绘发展蓝图！

出品：党委宣传部
供稿：王朝阳　王征
图片：管理与经济学院　党委宣传部媒体资源中心
采访整理：张毅　赵卢楷
编辑：戴晓亚

60年，505丨揭秘北理工探索宇宙的"点火时刻"

推送日期：2018年9月20日

一个甲子，时光飞逝，一枚火箭，划破时空。

1958年9月9日，新中国第一枚固体燃料二级探空火箭，划破长空，直冲云霄，开创了我国高空运载火箭研究的先河。

自1958年起到1962年，7次火箭发射飞行试验，14枚二级固体燃料火箭，4枚单级固体燃料火箭，这个代号"505"的项目，在60年前，开启了北理工探索太空的征程，这段历史激励着我们弘扬爱国奋斗精神，建功立业新时代。

2018年9月18日下午，纪念北京理工大学（原北京工业学院）东方系列固体燃料二级探空火箭发射成功60周年座谈会在学校国防科技园举办。学校党委书记赵长禄、副校长李和章，原党委书记谈天民、原党委副书记张敬袖等出席，曾经参与和了解该项目的离退休教师、校友代表，以及学校部分学院、部门负责人和师生代表参加了此次座谈会。座谈会由副校长李和章主持。

1958年9月9日下午，由北京工业学院师生研制的"新中国第一枚固体燃料二级探空火箭"在河北宣化炮校靶场发射成功。这一被命名为"东方"的系列固体燃料二级探空火箭，其研制和发射工作自

1958年8月开始，结束于1962年8月，项目代号"505"。4年时间，学校先后组织了7次火箭发射飞行试验，共发射了14枚二级固体燃料火箭、4枚单级固体燃料火箭。

"505"项目是北京工业学院建院初期一项涉及多学科、多专业的大型重点科研项目，参与师生多达500余人。在没有可靠资料借鉴和技术指导的情况下，参与505项目的全体师生独立自主地完成了研究任务，并在多个方面作出了开创性的探索研究，形成了一批有价值的研究成果，为国内相关单位的研究提供了支持，为中国航天事业的发展作出了探索性和基础性的贡献。

"505"科研项目的实施，直接推动了学校火箭导弹专业和学科建设以及相关科研工作的开展，锻炼和培养了一大批专业人才，并为我们留下宝贵精神财富。

在与会人员共同观看了《北京理工大学巡礼》之后，原"505"项目技术负责人之一、宇航学院退休教师万春熙代表原项目研究团队对相关历史进行了简要回顾，与会退休教师代表和校友代表围绕"追忆历史、凝练精神、启示未来"主题进行了交流发言。

万春熙

"505"没有申报奖项，也没有申请专利，但它是一个综合性强、专业面广的大规模科研实践活动，是北理工广大师生员工向世界先进的科学高峰的一次勇敢冲击，它也是学校从常规武器研发向尖端科研技术研究转型过程中的一个代表性科研项目，推动师生们拓展了学术视野、开阔了科研思路，从理论知识研究转而投入亲身科研实践。

马庆云

"505"东方系列火箭前后持续4年，我参与了21个月，630天。

当时,我家在城内钱粮胡同12号,下班要坐公共汽车,但是因为工作几乎每天都要忙到晚上11点多,在这630天里,我至少有500天的夜里是睡在办公室里拼在一起的六把椅子上,但从未觉得辛苦。心里想的是,今天办的事情愈多,离发射探空火箭的时间越近!躺在用椅子拼成的床上,我感到非常愉快,非常舒服,很快就睡着了。

黄一鸣

在朱日和发射火箭的那一次,一位农民将火箭的尾翼碎片拿去卖废品,问他是从何处得来的,说是从地下挖出来的。当我们到达考察现场,发现箭体整个都穿透到了地下,那边的地质是砂砾岩地质,又硬又黏,这也间接地证明了火箭发射是成功的,只有达到了足够高的高度,它才可能穿透地下。

方嘉洲

"505"研制时期条件艰苦,在科研水平较低的情况下也发生了许多的危险,但是大家以不怕苦、不怕累、不惧艰险、勇往直前的精神一直奋勇争先。曾经一位参与研制的同学脸部被烧伤,我问他"怎么样",他微笑回答"上了一次战场",第二天他又参与到科研当中。这些精神,是"505"的精神,是北理工人的精神,更是"延安根、军工魂"的最好体现,我们要永远继承和发扬。

周本相

"505"宣示着一种精神,是为国家、为国防的奉献精神,是协作精神,是奋斗精神,是不怕疲劳不怕牺牲、敢想敢干的精神。它代表了自1958年起那一整个时期,北理工的国防使命与历史担当。带动了专业建设，培养了一大批青年科技人才，建设了各类尖端实验室，奠定了北理工良好的科研作风与科研精神，这是我们北理工好的传统——延安精神的最好体现。

范琼英

我们在那个一穷二白的时期，在工厂里软磨硬泡了一个星期，终于让协作工厂同意了我们协助的请求，当时这样的故事很多，"505"工程是一件有魄力的工程，是值得纪念和学习的。

戴永增

"505"意义重大，我们为国家经常开夜车，大家连轴转，甚至3天不睡觉，把铺盖搬到实验室，大家不推诿不叫苦叫累，全都冲在最前面，这是一种时代的责任和担当。在如今这个时代，我们应当更好地发扬"505"精神，敢为人先，勇于创新，调动全校力量，发扬专业优势，多做对国家更有意义的事情。

牧森林

我在当时只是一名学生，能参与到"505"项目的工作中，是我的骄傲和荣誉。60年过去了，我最想说的是："我永远不会忘记母校的培育之恩。"我不会忘记那段跑着工作、跑着学习、跑着科研的日子。感谢母校在我人生的起跑线为我打下了勤勉务实的基础，给予我最难忘的精神和记忆。

王邦群

我们从自然科学院走来，更应该不忘初心。我依然记得在1957年入学那天,校园里响起的嘹亮口号:"让猛虎插上翅膀。"培养军工人才,研制武器装备,北理工人始终牢记使命,传承红色基因,为国防建设奉献着自己的力量,让我们的人民军队如猛虎添翼,锐不可当。

张建华

不会忘记北理工对我的培养,更不会忘记党对我的教育。从1958年到1962年,在国家的困难时期,我们北理工人仍然勇于创新,紧跟国际前沿,开展开创性、引领性、创新性科研工作,这是北理工人的精神所在,北理工一如既往开展国防科技事业的传统所在。

赵长禄在讲话中首先对曾经参与和支持"505"探空火箭研发的老教师和校友们致以崇高的敬意,感谢他们为学校作出的重要贡献。他讲到,以参与"505"项目师生为代表的一代又一代北理工人矢志国防、默默奉献,形成了以"延安根、军工魂"为核心的北理工精神;在东方系列固体燃料二级探空火箭发射60周年的时刻,与大家共同追忆历史、凝练精神、启示未来,意义重大。面向新时代新目标新要求,我们要深入挖掘"延安根、军工魂"的时代意义,充分发挥北理工精神的感召作用,引导全校师生传承并弘扬信念坚定、矢志不移的爱国奉献精神,敢为人先、勇攀高峰的科学探索精神,分工协同、互相激励的团队奋斗精神,不畏艰难、不负使命的时代担当精神。希望广大师生们传承红色基因,担当复兴大任,"弘扬爱国奋斗精神、建功立业新时代"。

宇航学院退休教师姚德源代表夫人刘素文向校史馆捐赠了东方系列固体燃料二级探空火箭回收系统使用的降落伞。刘素文老师于2017年去世,生前曾从事"505"项目火箭回收系统开伞机构研究工作,有幸保存了珍贵的降落伞实物,并嘱托捐赠给学校。

赵长禄代表学校为参与"505"项目的退休教师颁发纪念品。

东方系列固体燃料二级探空火箭开创了我国高空运载火箭研究的先河,这是北理工人志指苍穹的起点。

让我们共同回顾那段昂扬奋斗的岁月,弘扬划破长空的"京工利箭"蕴含的宝贵精神。

发展探空火箭是我国航天事业起步项目之一,我国探空火箭研制工作起始于高等院校。

"505"探空火箭

1958年9月9日下午,由北京理工大学师生研制的"新中国第一枚二级固体燃料探空火箭"在河北宣化炮校靶场发射成功。9月12日,项目组向学校提交了发射试验总结报告。随后,学校正式向北京市委进行了汇报。在之后的4年时间内,"505"项目先后组织了7次火箭发射飞行试验,共发射了14枚二级固体燃料火箭、4枚单级固体燃料火箭。

1960年5月4日,昌黎靶场第12发火箭起飞瞬间

代号"505"项目

1958年6月,原北京工业学院火药专业(5专业)在国内率先成功研制了新型复合固体推进剂,并在此基础上启动了固体燃料探空火箭的研制工作,因保密要求,时任院长魏思文根据火药专业排序,将该项目命名为"505"。

凭借学校前期在火箭技术方面的调研与筹划,以及在炮弹专业(内、外弹道理论)和火药专业的优势,二级固体燃料探空火箭的研究取得了显著成果。

在没有可靠资料借鉴和技术指导的情况下,学校从国防科委和国防部争取到经费支持,参与"505"项目的全体师生艰苦奋斗、自力更生,勇攀科学高峰,独立自主地完成了研究任务。

在4年的时间内,"505"项目在探空火箭研究的系统工程和总体技术、固体燃料火箭发动机可靠性和性能提升、火箭弹体结构与强度、监测天线内置、火箭回收系统、火箭飞行弹道稳定性、火箭弹道设计和方案选择等方面作出了开创性的探索研究。

1960年9月,学校在"505"科研组基础上正式建立了探空火箭研究所,即22研究所,隶属飞行器工程系。"505"项目结束后,其大量的研究成果被整理为80余卷技术档案,保存于北京理工大学档案馆,直至2017年才部分解密。

在奋战"505"的过程中,一个个奋斗的故事让我们感动。

李兆民

进行探空火箭发动机的地面试验时,我们在校园选择了一片荒凉场地,挖了一个两米深的大土坑,把固体火箭发动机垂直固定在土坑的钢板上,目的是检查新研制的"橡胶火药"的工作性能和发动机工作的可靠性,观察发动机能否正常点火工作,是否会爆炸。试验前,参试人员都在较远的地方隐蔽起来进行观察。点火指令下达后,出乎大家意料,发动机没有喷火,等待半小时后,仍没有动静,领导要求大家撤离试验场。几个小时后,万春熙和我两个人去试验坑内检查,当时其实也担心发动机像定时炸弹那样爆炸,但毕竟年轻气盛,具有初生牛犊不怕虎的勇气,我们小心翼翼地断开点火导线,把中间底拧下来,取出点火药盒后,把已分解的发动机拿出坑外。找出原因后,很快又进行装配和实施第二次试验,发动机终于正常工作。

姚德源

为了测量火箭上升的最高点,当时的院长魏思文,专门购置了一台高速摄影机,并安排人到电影制片厂培训,学完之后到靶场参加测试。当时咱们的测高系统采用了一个简单有效的方案,在弹头里装一个水银开关,就是一个里面两端各有一个电极的密封小玻璃管,这个玻璃管里装有半截水银，火箭往上飞时接头没有接通，飞至最高点一掉头，水银倒流就把两个电极接上头，给出信号，就可以追到最高点的高度。

马庆云

新型的复合推进剂研制成功后，大家就决定做小型火箭的飞行实验。许又文老师带着大学生，利用自来水管做成小火箭的发动机，再将加工的喷嘴装上，就是一个可以用黑火药包点燃的小火箭了。当时大家分工合作，有的同学去画加工的设计图，有的同学去找自来水管，测量水管的内径、外径、长度、尾翼、火箭帽和装上单孔管状的复合推进剂，共制造了20发小型试验火箭。到什么地方发射去？初步意见是到当时我校西郊车道沟校区的操场上去发射，但学校不同意，认为这个地方不安全，因为操场周围有居民，试验火箭虽小，但由于机械加工不精细，尾翼焊接点不规则，可能会乱飞。为保证居民安全，最后我们到冷泉我校仓库旁的土山边草地上去发射。试验发射的结果，20发小火箭全部发射成功！

万春熙

在最初的设计中，探空火箭接收信号的天线附在了弹头外面，从弹头里穿出来的四根天线电缆一直连到尾翼上，火箭飞行时的速度达到5个马赫数，天线在弹头外颤颤悠悠的，使得信号不准确，可是不把天线拉出来，贴在弹头里面，金属壳体让信号出不来怎么办？这个问题困扰了我们许久。后来我们考虑将弹头设计成耐高温的塑料弹头，这样就可以将天线埋入弹头。于是我连夜从朱日和赶回学校，请化工系的师生通宵达旦地将塑料弹头做出来进行实验，克服了重重困难才把天线问题解决掉。

60年前,新中国的航天事业一片空白,宇宙,对于中国人似乎遥不可及。当时的北理工人立下雄心壮志,"要在宇宙空间占一个位置"。

60年后,保障"神舟""天宫"精准对接的微波雷达,打破中美太空合作坚冰的空间生命科学装置,深空探测的"北理工轨迹"……今天,我们可以自豪地说,北理工在宇宙空间占了不止一个位置!

建设世界一流大学,北理工踏实前行,中华民族伟大复兴,还须北理学子们接续奋斗,弘扬爱国奋斗精神,建功立业新时代!

出品:党委宣传部
文字:王征 辛嘉洋 侯佳迪
图片:徐思军 部分照片来自校史馆
编辑:戴晓亚

新语北理

八一献礼｜一甲子前，北理工向国家交上这样一份"初试成绩单"

推送日期：2018 年 8 月 1 日

今天，是第 91 个中国人民解放军建军纪念日，91 年来在中国共产党领导下，英雄的人民军队前仆后继、百折不挠、不怕牺牲、英勇奋战、为民族独立、人民解放、国家富强，为捍卫国家主权、安全、发展利益，为维护世界和平、促进人类发展，建立了不朽功勋。

强国强军的伟大征程上，离不开坚强有力的"国之利器"！

作为中国共产党创建的第一所理工科大学和新中国第一所国防院校，北京理工大学始终不忘复兴民族、强我中国之初心，服务国家重大战略需求，瞄准世界科学技术前沿，"坚持把先进技术写在祖国尖端武器装备上，把创新成果应用在实现国防现代化的伟大事业中"，潜心研究，勇于创新，培育了一大批国防科技领域的重大科技成果，并直接服务于部队装备建设，为国防科技事业的发展和军队战斗力的提升作出贡献。

传承"延安根、军工魂"红色基因，北理工"不忘初心、牢记使命"，穿越强国强军的奋斗岁月，60 年前的今天，我们用一批新中国的国防科技成果，向党中央、中央军委献礼！

1958年 八·一

1952年3月,学校受命建设新中国第一所国防工业院校,在原有基础上,经过6年多的建设发展,取得阶段性成果。为了向党和人民汇报学校在国防科研方面取得的成绩,1958年8月1日上午9时,学校在国防部大楼参加了向党中央、中央军委的献礼活动,共有27项产品参加展览。

刘少奇、周恩来、朱德、陈云、彭德怀、邓小平、陈毅、叶剑英等党中央和中央军委的领导同志、解放军各军兵种领导同志参加了献礼仪式,并详细参观了学校的献礼展品,对产品提出了诸多的改进建议和意见。

翻开时光的扉页,让我们通过珍贵的历史瞬间,看看60年前,作为新中国第一所国防工业院校的我们,为国家和军队交上了一份怎样的"初试成绩单"。

1958年,北京工业学院参加"八一献礼"的科研成果

1958年北京工业学院"八一献礼"纪实

1958年八一建军节,学校参加国防部举办的献礼展览,党中央和军队领导同志亲临展览会参观了学校的献礼项目,详细聆听了相关介绍,并作了重要指示,给学校全体师生员工以极大的鼓舞。

为了更全面反映学校的国防科研情况,1958年9月23日至10月6日学校又向献礼活动增加第二批产品,总数增至104项,并继续在国防部大楼内展出。之后,中央军委及各军兵种领导又多次参观学校的献礼展品。

激情燃烧的岁,我们不忘初心,攻坚克难的历程,我们牢记使命,继承弘扬我理光荣传统。在新时代,担当民族复兴大任,为强国强军作出新的更大的贡献!

出品:党委宣传部
编辑:党委宣传部 戴晓亚

青年节｜徐特立老院长的"五四"情结

推送日期：2017 年 5 月 4 日

　　五四青年节源于中国 1919 年反帝爱国的"五四运动"。

　　五四爱国运动是一次彻底的反对帝国主义和封建主义的爱国运动，也是中国新民主主义革命的开始。

梁启超有言：

少年智则国智，少年富则国富

少年强则国强，少年独立则国独立

少年自由则国自由，少年进步则国进步

少年胜于欧洲则国胜于欧洲

少年雄于地球则国雄于地球

　　今天，我们作为新一代中国青年，我们作为新一代的北理工学子，一同来感悟人民教育家、北理工老院长徐特立的"五四"情结，《纪念五四　对青年的希望》，他的精神像绚丽的华章，激励着我们一代又一代人，从不曾逝去，从不会过时。

徐老在文中如是写道

"五四运动到现在已经四十年了。四十年前,我国青年一马当先,向帝国主义和封建势力展开了英勇的搏斗,揭开了我国新民主主义的序幕,从此我国的革命就走上了一个新的阶段。"

"许许多多外国人凌侮中国人的事实,真令人悲愤。当我到修业学校和学生讲话时,一开口就泣不成声;我沉痛地告诉学生,要他们这一代把救国的担子挑起来。"

"义之所在,虽赴汤蹈火,亦在所不辞,要向帝国主义报仇雪恨。学生也激动得痛哭。"

"我立即到厨房拿了一把菜刀,当场斩下自己的一个手指,以表示对帝国主义的愤恨和雪耻的决心,以后,我会更努力教学,办学校,我认为培养后一代来救国救民是我唯一的任务。我走的是'教育救民'的道路。"

徐老眼中的"五四"运动

"一九一九年五月四日,在北京爆发了青年学生的爱国运动。赵家楼一把火,就是象征着全国人民反帝反封建的火焰。这把火立即蔓延到全国,蔓延到各个阶层,掀起了革命的新高潮。"

徐老笔下的中国青年

"要纪念'五四',就要继承和发扬'五四'的革命光荣传统,以革命前辈为榜样,在当前的伟大事业中做出更大的成绩。"

"五四以来,许多革命前辈的那种国而忘家、公而忘私的忘我精神和伟大抱负,那种不避艰险、不惜牺牲、不辞劳苦、不怕困难的顽强的革命斗志,永远值得我们好好学习。可以说,这是革命前辈遗留给

矗立于北京理工大学中心花园的徐特立塑像

我们青年一代的宝贵的精神财富，这种精神会永远鼓舞着我们青年向前迈进。"

"青年时代，精力旺盛，正应该在这个时候去为祖国创功立业。眼光狭小，只看到生活中小事，对个人得失考虑过多，就会分散精力，消耗韶光；就不能保持旺盛的斗志，蓬勃的朝气，成大器，做大事；也就会毁坏了个人的远大前途，损害了革命事业。"

"青年是老一辈的接班人，应该像老一辈那样有革命的志气，有远大的抱负，兴旺老一辈所创立的家业。"

"让我们黄金般的青春，放射出不可磨灭的光彩。"

"青年们应该要求自己做最艰苦的工作，做别人不愿意做的事，而且有信心有决心做出成绩来。"

"今天我们无论做哪一项工作，在哪一种岗位上，都会碰到或大或小、或多或少、这样那样的困难，困难总是逃避不了的。"

"如果避重就轻,弃难择易,则将一事无成。"

徐老心中的当代中国青年

"青年同志们生活在今天的新社会里是非常幸福的。党和国家为青年创设了良好的工作条件,又在工作学习等各个方面经常给予系统的指导。今天的青年已不再像'五四'时代的青年那样饱尝旧社会的痛苦,也可以不必靠自己去摸索斗争的道路了。"

"社会主义、共产主义的康庄大道就摆在我们的前头,青年同志们只要听党的话,自己又不懈地努力,前途定是光明远大。"

"这一代青年应该超过上一代。"

"我相信今天的青年一代决不会辜负党对他们的厚望。"

"在这个伟大的时代里,'五四'的光荣革命传统一定会在他们中间得到大大的发扬。"

"青年一定会高举'五四'的火炬,向共产主义前进!"

艰辛知人生,实践长才干。

出品:党委宣传部

编辑:戴晓亚

校 园

这个北理工的"先进中心",真材实料,崭露头角,为"双一流"建设发力!

推送日期:2019 年 5 月 13 日

新理念,新机制,建设一流新平台。
——北理工材料学院先进材料实验中心建设纪实

材料科学与技术是信息、电子、自动化等高新技术与科学的基础和先导,纵观国内排名顶尖的理工科类高校学科设置,材料学科均占有基石地位甚至发挥龙头作用。近年来,北理工材料学科发展水平不断提升,学科排名逐年攀升,不仅 QS、USNews 等世界大学学科排名进入世界前一百名,ESI 世界排名前 1% 行列,还进入国家"双一流"建设学科名单,成为北理工的重点优势学科之一。

然而,学校材料学科不断攀升发展之际,也面临着多种挑战,其中先进实验平台资源的日益紧张,逐渐成为学科发展的最大隐忧之一。

2018 年年底,北京理工大学先进材料实验中心正式建成,这个面积 1 284 平方米,拥有总价值 3 000 万元仪器设备资产的高水平实验平台,不仅充分体现了"现代化、集约式、开放型"的建设理念,也是首个学校依托学院建设的公共实验平台。新理念,新机制,新平台已"崭露头角",为"双一流"建设注入强劲动力。

精谋细划"立制"先行

"2016年10月20日,在良乡分析测试中心正式运行那天,校党委书记赵长禄提出要加速打造一流实验平台,力争'十三五'期间,大幅推动学校实验平台建设。随后,学校成立了时任校长助理龙腾牵头筹备组织的平台规划建设工作小组,全面推进实验平台建设工作。材料学院精心准备,经过充分论证,最终获批建设先进材料实验中心。"资产与实验室设备处副处长兰山回忆道。

建设之初,先进材料实验中心就拥有非常清晰的定位:立足材料科学的国际前沿,以及国民经济和国防建设的重大需求,致力于服务新材料的制备、表征及其应用研究,并成为提升人才培养、科学研究、学术交流以及社会服务水平的重要平台。

"材料学科处于上升的关键期,但人才队伍不断壮大与实验室面积日益紧缺之间的矛盾、面向国际学术前沿与缺乏先进实验平台支撑之间的矛盾、标志性成果全链条创新与独立封闭的研究条件之间的矛盾逐渐凸显,建设这一平台就是以先进实验条件建设为突破点,以体制机制创新为切入点,瞄准材料科学世界前沿提高加速度!"材料学院院长庞思平这样分析了实验中心建设的初衷。

面对"双一流"建设,学校始终坚持大力投入,通过资源调整,在中关村校区5号实验楼为先进材料实验中心提供了充足的建设空间,还划拨了1 000万元的专项建设经费。虽然"粮草充足",但是在实验中心建设之初,学校却坚持"按兵不动",把坚持精谋细划作为了建设高水平公共实验平台的先决条件。

从2016年年底启动论证,直到2017年暑期实验中心才正式立项,在论证过程中,实验平台规划建设工作小组牵头召开论证沟通会10余次,材料学院优化建设方案10余版。在制定建设方案期间,为打造一流实验室,本着"集众家之长,取自我之道"的理念,材料学院书记、院长带队到清华大学、北京大学、上海交通大学、西安交通大学、西北工业大学等多所知名学校进行专项走访、调研、取经。从实验室的硬件建设、制度保障、人员配备、信息化建设，到实验室的每一个小细节，都一一关注和细细询问。在大量翔实调研的基础上，建设团队心里越来越有底，实验中心的建设蓝图逐步清晰和明朗起来。

材料学院的建设方案不仅包括环境改造和仪器设备等"硬件条件"建设方案，还包括了花大力气完善细化的管理机制等"软件条件"建设方案。共制定了管理办法、入驻协议、对外服务办法、门禁系统管理办法、仪器托管管理办法、学生自主上机办法、应急处理程序等大大小小20多项制度，整套管理文件加起来足有200多页。

除了管理制度的科学严谨，实验中心的运行还充分体现了"服务"理念，也就是始终将服务"双一流"建设作为自己的使命。这一点，材料学院张加涛教授颇有感触："实验中心建成前，我们在往校外送样品和等待测试上要浪费很多宝贵的时间。自从中心建成后，制备出新材料样品马上送到10层，很快就能在中心的测试平台进行XRD、XPS、红外光谱等测试，大大缩短了测试的周期，提高了科研效率。而且，实验中心非常重视师生的反馈意见，会根据我们的需求及时调整设备及测试项目，大家真切感受到了拥有自己的测试实验平台的便利性。"

除了提供设备资源的集约化支持，实验中心还精心设计，对优秀科研成果给予奖励。"我们采用'分级式'管理模式，将用户根据成果产出及信誉度等指标分为不同星级，对于成果产出多的用户，中心可以为测试费用'免单'或优惠，这样的激励机制就是为了更好地带动成果产出，营造良好的科研学术氛围。这也充分体现出服务一流建设是中心的工作目标。"材料学院副书记、副院长刘艳这样介绍。

"小投入"撬动"大资源"

材料科学不能"纸上谈兵"，对材料结构、性能和表征等研究都离不开现代化的分析测试手段，因此高水平的仪器设备是提升科学研究水平的前提。"材料学科的发展依赖仪器,都说巧妇难为无米之炊,其实做饭的'锅'也很重要!"张加涛这样比喻道。

对于拥有价值 5 亿元仪器设备的材料学科群来说,盘活设备是一项极为浩大的工程。面对现存设备中能够提供公共服务的仪器设备被大量分散在各个课题组、开放程度不高且无法统一管理的现状,材料学院打破传统思维,认真思考如何用"小投入"撬动"大资源"。首先通过"利旧与共享"托管学院各实验室的一部分设备,推动大型仪器设备开放共享,同时根据学科发展和材料分析测试研究体系的需要,使用学校支持资金购置新仪器。

"确立理念、统一思想很重要,要提前把道理和老师们讲清楚。设备托管在实验中心,第一可以节约自己的实验空间,第二不必承担高昂的设备维护费用,第三,也是最重要的,设备有专人管理了,功能开发更充分,可以为更多人提供服务,一举多得。老师们理解了这些,自然就会配合工作。因此,在征集仪器设备的时候,困难没有想象中的大,目前中心已经有托管设备 17 台。"刘艳介绍道。

X 射线光电子能谱(简称 XPS)是通过光电效应原理获得物质表面化学组成的一项技术,也是材料分析中的一项基本测试。材料学院郝建薇教授课题组多年来一直负责学院微区扫描 XPS 设备的运行和维护。"XPS 的利用率很高,不光课题组内使用 XPS 进行材料表面分析,校内外的很多课题组都将样品送来测试。"课题组博士生石慧介绍说,她也是这台设备的主要操作人之一。正是这样一台"热点"设备,在实验中心成立之后,郝建薇站在学科发展角度和设备日常使用实际,将 XPS 设备交给实验中心管理。此后,这台 XPS 设备不仅得到了规范统一管理,设备保管使用环境也大大提升,保持了更好的工作状态,而且在方便校内外课题组送样测试的同时,大大提高了仪器的使用效率,更为重要的是,设备的托管节约了师生的工作精力,可以让课题组更好地聚焦于科学研究本身。

随着老师们对这种"托管模式"的逐步认可,除了"托管"原有的旧设备,在采购新设备时,老师们首先想到的就是交到实验中心统一管理。材料学院吴川教授将一台新购置的台式扫描电镜直接托管到实验中心，他表示："这台设备是我们课题组开展科研工作所必需的，但并不能达到每天使用的频率。据我所知还有很多课题组有测试需求，于是我们将设备托管到实验中心共享，既方便了大家又避免了重复购置。实验中心还为设备配备了一名具备多年电镜操作经验的实验员老师，保证设备随时处于良好的状态。我们课题组的师生在使用设备时也能得到实验员老师的耐心专业的指导。今后，如再购置分析测试类设备，我还是希望能托管到实验中心，最大限度地开放共享。"

先进材料实验中心

在实验中心，仪器设备不仅可以实现"托管"，还可以实现"专管"。材料学院黄木华特别研究员对核磁共振波谱仪有着近20年的使用经验，实验中心建成后，他成为一台400 M核磁的"特聘"管理员。"特聘"的意义在于，黄木华不仅可以更加方便地使用仪器，也凭借其在核磁方面的专业知识和经验，肩负起仪器的日常维护、测试服务、技术咨询和新功能开发，还为本科生开设核磁方面的通识选修课。有了实验中心的支撑，黄木华也成为深耕核磁技术领域的专家，不仅积极参加行业的学术交流，还被推选为北京理化分析测试学会波谱学会分会的理事兼副理事长。"实验中心不仅要提供分析测试服务，还要利用高水平人才来激活设备、盘活设备,'特聘'管理员的作用就在于此。"庞思平表示。

截至目前,初建成的先进材料实验中心的分析测试区就已拥有30台公用大型设备,总价值3 000万元,通过"利旧与共享",实现了1 000万元"小投入"撬动3 000万元"大资源"。在这30台设备中,既有通用型仪器,又有瞄准国际前沿的高端高值仪器,可提供核磁、电镜、X射线系列、元素分析、色谱、光谱、力学和热性能、聚集和吸附性能等分析测试服务,已面向全校开展了分析测试类服务1 000余次。

实验中心现有5名专职实验人员,全部具有硕士及以上学历,设备管理经验丰富。谈到在实验中心的工作感受,陈寒元老师说道:"作为一名实验技术人员,能在这个平台工作,我感到很幸运。实验中心工作环境干净整齐,管理严格规范,同事团结热心积极向上,工作氛围风清气正。中心为我们提供了优质的工作平台及经常性的校内外培训机会,我学习到多种测试技能,并掌握和精通几项专属测试项目,自己的特长和兴趣得到了很好的发展。"宋廷鲁老师也深有同感:"在参与实验中心建设过程中,我切身感受到了学校和学院上下一心共建一流平台的决心和力度,也使得我们这些在中心从事具体实验工作的老师对待工作丝毫不敢放松。看到测试量与日俱增,收到师生们众多好评,大家虽然工作忙碌却很有获得感。同时,我和中心的其他老师也不断提升自己的工作技能,与领域内的专家经常沟通,也申请了校内开放实验课程,希望能向着专家型实验技术人才的方向努力,与平台共成长。"

实验中心聚焦人才培养,搭建了"上机操作、课程实践、讲堂学习"三位一体的基于实验平台的学生实验能力培养模式。实验中心的仪器设备面向全校学生开放,经过培训的学生可预约自主上机,在提升学生实验能力的同时,也提升了设备在非工作时间的使用率。对于教学工作,实验中心实行"免费使用"的支持政策,鼓励老师们依托中心的仪器设备资源开设课程。目前,实验中心已开设了"有机材料结构分析实践""无机材料物理性能与表征技术""核磁共振波谱技术在先进材料研究中的应用"等多门课程,为教学工作注入了新的活力。学校学术讲座众多,却鲜有分析测试技术类的讲座,实验中心首创"材料分析测试技术学堂",邀请国内外分析技术领域的专家开设系统化高水平的讲座,目前已成功举办11期,深受广大师生欢迎,填补了学校高水平实验技术系统培训的空白。

为"青椒"成长培植沃土

近年来,在学校实施"强师兴校"战略的背景下,材料学院不断加大引进高层次人才的力度,学科人才队伍逐渐壮大。但由于缺乏公共研究平台、大型仪器分散、配套研究条件建设周期长等,不利于青年人才科研学术工作的开展,因此,改善科研条件、增加办公面积、改革实验室机制,成为人才队伍建设和学院学科发展迫在眉睫的工作。

"我在加州大学洛杉矶分校(UCLA)读博时,就体会到建立这样一个实验平台的便利性,它可以让我们一边做合成,一边迅速地做分析,因此当我听到学院要建立这样的一个实验中心时非常高兴,得知自己可以入驻更是激动不已。"材料学院陈棋教授这样分享自己的感受,"公共实验室就像是一个流动性质的孵化平台,帮助青年教师成长、成熟。这是'青椒'的成长沃土!"

材料学院李霄羽教授也是公共实验室的第一批入驻者,"我所从事的研究,包含了很多不同的方向,有机合成、高分子合成、高分子组装、材料性能测试等都有所涉及,因此对实验室的空间和条件有所要求。当入驻公共实验平台的时候,我感到无比激动,这里完全可以和以前在国外所见过的世界一流实验室条件相媲美,觉得研究团队终于能有足够的地方开展实验,自己终于能大展身手!"

除了提供公共实验平台,实验中心还"用心"地将研究方向相近的教师集中在相近区域做"邻居"。例如研究半导体纳米晶材料的张加涛教授,研究钙钛矿、太阳能电池的陈棋教授,研究纳米晶太阳能的

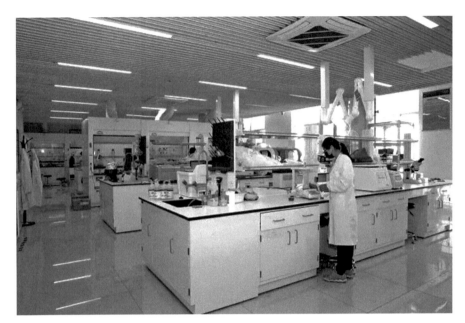

张加涛、陈棋、李红博、钟海政公共实验室一角

李红博教授和研究量子点、OLED 的钟海政教授就是同一个实验室大区的"邻居"。这样一来，不仅仪器设备可以更好地共享使用，也更容易在相邻交往中迸发出交叉创新的火花。

"拎包入住"的实验条件、"一站式"集成材料合成与表征的实验模式、"年轻化""国际范"的交叉融合氛围，使得实验中心建成不久就高效催生了一批高水平的研究成果。

张加涛教授课题组在金属半导体纳米异质结构的光电催化、电催化等研究方面取得了系列进展，发表了包括 *Adv. Energy Mater.*、*Nano Energy*、*Adv. Functional Mater.* 等顶级材料类杂志文章。

钟海政教授受邀担任 *The Journal of Physical Chemistry Letters* 副主编。

陈棋教授课题组在国际顶级学术期刊 *Nature Communications* 上发表了题为 *Strain engineering in perovskite solar cells and its impact on carrier dynamics* 的研究论文。

李霄羽教授在国际著名期刊 *Polymer Chemistry*，*Angewandte Chemie*

International Edition，*Nature Communications* 上各发表了一篇研究论文，其中 *Polymer Chemistry* 上的论文还被选为了封面文章。

何春林教授在新型含能材料研究方面取得重要进展，相关成果发表在 *Journal of Materials Chemistry A* 期刊并被选作热点文章。

新时代，新使命，新征程，面向"双一流"建设，先进材料实验中心的建设，仅是学校下大力气、加大力度，建设一流实验平台的缩影，也是学校深化综合改革、深入推进"双一流"建设的具体举措之一。建设中国特色人民满意世界一流大学，北理工接续奋斗、久久为功！

出品：党委宣传部

供稿：王朝阳

摄影：郭强　材料学院

摄像：罗世江

剪辑：张春晓

编辑：张帆　戴晓亚

卡通形象设计：张雨佳

北理有"西山",冷泉东路 16 号

推送日期:2018 年 12 月 10 日

《永乐大典》:"冷泉源出青龙桥社金山口与玉泉合下流为清河。"京西海淀,凤凰山北麓,一处泉多水凉之处,自古被称为"冷泉"。

冷泉东路 16 号,就在这距中关村 15 公里,风景秀丽、景色宜人的西山风景区中,坐落着北京理工大学在京最重要的教学科研实验基地——西山实验区。

北理工西山实验区

1956年，在苏联专家的指导下，学校建立起专业的坦克实验室，其中就包括选址京西冷泉建设的占地55亩的西山坦克试验场。2001年，作为"211工程"建设项目，学校在西山购地100亩，建成西山火工区实验基地。经过多年的发展建设，西山实验区占地总面积达到210.4亩，建筑总面积将近4万平方米，一批学校高水平的实验平台入驻其中。

攀登科学高峰，建设世界一流大学，离不开一流的实验平台。西山实验区作为学校在京承担高水平、高强度科学实验任务的专属校区，新世纪以来，发生了"翻天覆地"的变化。瞄准一流，西山实验区的建设者们，以"爱家"之情，用一个个坚实的脚印，让实验区如家般温暖，书写下北理工人建功立业的奋斗精神。

兴于一砖一瓦、一草一木

工欲善其事，必先利其器，建设一流的实验区，首先就要构建良好的基础设施和工作环境。正是带着这样的理念，两年多来，西山实验区将基础建设放在工作首位，变化显著。

以前，学校的合作单位要来西山实验区都找不到学校大门，学生打车过来跟司机师傅只能说到邻近的驾校，师生在西山实验区工作学习，缺少对学校的自豪感和归属感。

机电学院爆炸重点实验室的冯治建老师回忆道。

一流的校区，一流的环境，"从门开始"。西山实验区南北院校门的改造工程自2016年年初被提上了日程，2017年9月份开始整体规划，2018年正式完成。"南院大门的改造，设计方案讨论过至少有七八个版本。"西山实验服务中心综合室主任耿俊明亲历了实验区校门的改造，"我和同事曾经顶着高温烈日，在河北香河2 000亩露天石材市场中，为修建大门挑选石材。"如今，取材自大理石的大门简洁明净，端庄谦和，一侧的立柱如同火炬般象征着延安精神的薪火相传，整齐排列的南门镂空孔洞又在厚重之中平添一份灵动。从校门规划设计，到建筑材料的选择，再到施工中的精心监管，迎送师生出入，标志明显、形象崭新的实验区校门，凝结着实验区管理者的心血和奋斗。

西山实验区的环境提升，不仅仅停留在入口，春华秋实，让师生们在校园内感受到自然的美，更是实验区管理者们的追求。建设一流环境，不仅要有大刀阔斧的勇气，更要有绣花般的耐心与细心。

"这是我们自己设计的园区植被分布。"耿俊明拿出一沓 A4 纸，上面手绘着各个植物在园区示意图上的分配，包括它们的颜色和花期，"我们都是自己去种植的地方亲自测量，比如你走过这条小路，你会发现这条小路边的植物榆叶梅、樱花、木槿都是交错出现的。为了显得不单调，我们充分考虑了花色花期以及植株的高矮。你再看这里，北院这条路边是红王子锦带和连翘组成的彩色锦带景观，这是因为种植区域面积和地下管网，种不了开花的小乔木……"说起实验区里的绿化植被，耿俊明如数家珍。

除了做好"看得见"的环境改造，"看不见"的"内功"更是西山实验建设的重点。2017 年夏季学期，学校对西山实验区食堂的后厨及饭厅的地面、墙面、屋顶全面翻新，后厨功能区域重新划分，水、电、气、下水线路重新铺设……改造后的食堂焕然一新，不仅如此，西山实验区食堂借装修改造之际还在食堂饭厅建设了一面文化墙，以文字及图片的方式，展示重寻"延安根"、回溯"军工魂"、心系"国防情"、畅想"北理梦"四个主题，充分发挥了食堂的育人功能。

在多部门的共同努力下，食堂改造、锅炉房改造、中转室改造、南北院大门和围墙改造、楼宇环境改造、主干道改造……两年来西山实验区的基础设施实现了质的飞跃。

师生在实验区工作，如何让他们感受到校园如家般的和谐幸福，这种获得感是我们努力的目标。

西山实验服务中心副主任范强锐这样分享了自己的看法。

暖在一字一句、一举一动

中秋节假期,整个群里报饭的只有我和另外一个同学,我在群里问,两个人食堂开饭吗?食堂的师傅们说只要有人来,就有饭吃!

每当回忆起这段"食堂包场"的特殊经历,长期在西山实验区学习工作的材料学院研究生卢飞朋仍然十分感动。

"报饭"对于其他校区的师生来说也许十分陌生,但是这已经成为西山实验区的一项最平常不过的"生存技能",也是一项最为人性化的贴心服务。由于承担的实验工作具有极大的不确定性,导致每天来西山实验区师生数量浮动较大,为了帮助食堂掌握就餐人数,最大限度地节约粮食,师生们就自发成立了一个微信"报饭"群,大家每天在群里报数,既方便了食堂掌握伙食规模,也保障了师生自己的就餐质量。

然而就是这"管吃饭"的群,一不留神,却又向前"进化"了,而一直聚焦师生需求的实验区管理服务者,却十分"留神"地将这一点暖心烛光,点燃成"热烈"服务师生的熊熊火焰,"家中暖意融融"。

"有一次,一位同学在'报饭'群里说希望把实验室的电路故障做一下排查和维修,自此之后群里学习、科研的需求逐渐增多起来。"卢飞朋说。面对群里日益增多的服务需求,实验区管理服务者们,敏锐地意识到这一新媒体平台搭建起的信息桥梁,从此微信群里多了几位"专业群主",每当群中出现任何服务需求或者实验区相关问题,都可以得到实验区工作人员的及时反馈和解决,"报饭"群也开始向"一站式"综合服务平台华丽转身。

只要在平台上反映一下,一站式服务有求必应,能解决的尽量都去解决,不能立刻解决的协调其他部门也要想办法尽快解决。学生老师的需求就是对我们工作的要求。

长期在群里搜集师生需求的中心办公室唐伟老师介绍道。

强服务,重质量。一流的实验区,必须要有一流的服务质量和服务效率。西山实验服务中心工作人员给自己制定了"四个一"服务标准,即"一站式服务、一刻钟答复、一次性告知、一日内解决"。

一站式服务,平台提供报饭、报修、问题咨询、通知发布、信息分享等多项服务。

一刻钟答复,师生在平台上所提出的任何问题或需求将在一刻钟内给予解答。

一次性告知,办理的事项或咨询的问题将一次性详细告知师生,减轻师生反复咨询、往返奔波的负担。

一日内解决,实验室各项零星维修任务一日内解决完毕,为师生安心科研创造便利条件。

"记得有次晚上下雨,我突然记起来有个实验设备可能会被雨淋,可我已经回中关村了,我就在群里问有没有人在我们实验室附近,请帮我们盖一下设备。"机车学院肖建伟同学回忆道。实验区值班老师得到消息后,立马奔赴现场。同时,在附近的同学也在群中发言说道,"那个位置离我们很近,我去看看。"最后,到场师生一起将设备盖好,还在群里发布了现场处置后的图片。

正是因为有了优质的"四个一"服务,脚踏实地地帮师生解决问题,所有来西山实验区的师生都自发加入这个便捷的信息平台中,"西山"群从一开始的几十人,已经发展成两个群500多人,成为一个温暖幸福的"家庭"群。"有问题找服务中心"也慢慢成为所有在西山从事学习工作师生的共识。

家,融成一心一意、一朝一夕

不论是建设优美的环境,还是为师生提供优质的服务,将实验区建设成有归属感的"幸福家",归根结底,还要为学校建设一流的实验平台,提供有力支撑,这是我们工作的核心。

范强锐这样点出了实验区工作的关键。

"对于我们实验室来说,西山实验区提供的支持十分给力,有目共睹!"长期在西山实验区工作的王文杰老师说道。爆炸科学与技术国家重点实验室,为学校相关学科建设发挥了不可替代的作用,承载着许多重大课题和重点项目。2001年,实验室从中关村校区逐渐搬迁到西山实验区开展基础研究实验,也成为这里最重要的实验平台之一。

"先不说实验区对供水供电、楼宇卫生这种基本保障做得非常到位,让我感受最深的就是做实验需要的各种试剂,在西山实验区这边可以做到取用手续随到随办,后备试剂补充及时。"王文杰补充说道。

在西山实验区的基础研究基地,实验室各项研究工作进展顺利,师生们在良好的环境下,潜心科研,成绩频出。自搬迁至西山后,不仅获得10余项国家级科技成果奖,还顺利通过了历次国家重点实验室的评估,特别是在2018年,实验室在国家重点实验室评估中更是取得了"优秀"的成绩,这其中离不开实验区的有力保障和支持。

国家阻燃材料工程技术研究中心,在西山实验区被称为"阻燃楼",是我国阻燃领域唯一的国家级工程技术研究中心,2014年正式投入使用,可以说是西山实验区利用率最高的实验室,也是开放度最高的实验室。

"以前学生不愿意来,现在实验区环境好了,功能全了,有了家的感觉,学生都不需要强制要求,就自愿来了。"阻燃工程中心主任杨荣杰教授说道,"你问我环境好到什么程度,这么说吧,工程中心每次检查的验收都不需要突击,随到随查,保质保量!"

优美和谐的大环境,滋润陶冶着师生们的心灵,孕育出积极向上的校园文化。"优美的环境,让我们发自内心的愉悦,有一种想表达的冲动。"秦建雨,这位高分子专业的博士生,每每看到阻燃楼中一幅幅"唯美651"摄影大赛的摄影作品,总是很自豪。"我们阻燃楼里挂着的全是'唯美651'的成果！651取名门口的651路公交。"杨荣杰介绍说："除了举办摄影大赛，引导学生发现西山实验区的美，我们还把二层会议室改为了休息间，让学生在繁重的科研之余有个休息的场所。到了夏天，我们还在楼外的藤蔓下举办夏日晚会。我们是一家人，温暖幸福应该是每位家人的感受。"

目前，5个学院的高水平专业教学和科研实验室入驻在实验区，其中包含爆炸科学与技术国家重点实验室、北京电动车辆协同创新中心、电动车辆国家工程实验室、国家阻燃材料工程技术研究中心等7个省部级以上实验室和2个省部级以上检测中心。

晨光熹微，冷泉东路，北理工西山实验区门庭整洁，稳重端庄，绿植萦绕，有条不紊，如家温暖。

"管理水平一流，服务保障一流，环境文化一流"，西山实验区一流蓝图铺卷，在建设中国特色世界一流大学奋进之路上，将继续抒写笔笔精彩。

出品：党委宣传部
供稿：王朝阳　赵卢楷
摄影：郭强
编辑：戴晓亚

新语北理

思政会两周年 | 筑实一流大学建设的思想政治工作"生命线"

推送日期：2018 年 12 月 25 日

2018 年是贯彻落实党的十九大精神的开局之年，是中国高等教育写好"奋进之笔"的进取之年，也是全国高校思想政治工作会议召开的第二个年头。这一年，习近平总书记在北京大学师生座谈会、在全国宣传思想工作会、在全国教育大会上发表一系列重要讲话，从不同角度阐述如何围绕立德树人根本任务，培养社会主义建设者和接班人。这一年，新时代全国高等学校本科教育工作会议召开，确立了坚持"以本为本"、推进"四个回归"，建设一流本科教育的路线方案。

在这样的时代背景下，北京理工大学紧跟党中央重大决策部署，以习近平新时代中国特色社会主义思想和党的十九大精神为指导，坚持立德树人根本任务不动摇，在既有工作基础上继续深化思想政治工作改革创新，把落实全国高校思想政治工作会议精神持续引向深入。

乘势而上　着眼新征程谋划新篇

在 2018 年年初召开的学校工作会议上，党委书记赵长禄即提出"在思想理论武装上求深入，在聚焦战略部署上求深入，在激发良好精神状态上求深入"的工作要求。求深入、上台阶，正是这一年来北理工思想政治工作乘势而上的总方向、主基调。

习近平总书记指出："人才培养体系必须立足于'培养什么人、怎样培养人'这个根本问题来建设。"一年来，北理工立足"坚持办学正确政治方向、建设高素质教师队伍、形成高水平人才培养体系"三项基础性工作，既抓重要任务、重要试点，又抓关键主体、关键环节，以重点带动全局，全力构筑德智体美劳全面培养相互渗透、相互融合的立德树人"大平台"。

学校党委在《关于加强和改进新形势下学校思想政治工作的实施方案》基础上继续立梁架柱、建章立制，出台《学校思想政治工作质量提升工程推进计划（2018—2020）》，提出"十育人"行动方案，推动全员全过程全方位育人，着力构建贯通高水平人才培养体系的思想政治工作体系。在实施思想引领计划、文化铸魂计划、阵地建设计划、党建强基"四个计划"的基础上，进一步提出学研培育行动、致真化育行动、同心助育行动、宜学共育行动"四大行动"，65条举措，进一步确立了至2020年学校思想政治工作的路线图、施工图。

为进一步构建一体化育人格局，学校建立思想政治工作改革优先发展试验区，在6个学院开展"三全育人"综合改革试点，探索建立微观层面可转化、有操作性的一体化育人模式。1个学院获批教育部"三全育人"综合改革试点单位。

2018年是北理工思想政治工作承上启下的一年，还突出表现在学校实施人才培养"书院制改革"带来的机遇与挑战上。牢牢把握全面提高人才培养能力这一关键点，实施大类招生、大类培养、大类管理，全面推进素质教育，在书院制这一创新人才培养"新生态"中，怎样找准思想政治工作的坐标点？

建立书院学院联席会议机制、实施师生开放交流制度、创立社区教育指导制度、推进学生援助专业组工作……书院制建设的制度体系紧紧围绕"育人"核心来设计。建立学术导师、学育导师、德育导师、朋辈导师、通识导师和校外导师等六类导师组成的导师队伍，"三全导师"工作机制调动起了各领域各方面的育人力量。据统计,在 2018 级新生入学 100 多天的时间里,学校共聘任各类导师 1 304 人,"三全导师"与学生开展交流报告 184 场,受众学生近 6 万人次。2018 年 12 月,以上述实践为主要支撑的"实施'双领工程'涵育时代新人"入选高校思想政治工作精品项目。

2018 年 5 月召开的大类培养工作会上,张军校长强调"价值塑造、知识养成、实践能力"三位一体,推动博雅教育、个性化培养、教师与学生为伴……展示出了北理工将以新思政观引领人才培养改革,将思想政治工作贯通高水平人才培养工作的新构想新理念。实践表明,北理工正以实际行动书写自己世界一流大学建设的"创业版"!

习近平总书记在全国教育大会上指出,"努力构建德智体美劳全面培养的教育体系,形成更高水平的人才培养体系。要把立德树人融入思想道德教育、文化知识教育、社会实践教育各环节……教师要围绕这个目标来教,学生要围绕这个目标来学。"一年来,北理工"立德树人"的顶层设计和改革布局正在让习近平总书记的要求在校园落地生根。

纵深推进　站在新起点打造新生态

大道至简,实干为要。在高等教育战线加速推进"双一流"建设的新的历史阶段,北理工人不忘初心、牢记使命,以理想信念教育为核心,以社会主义核心价值观为引领,以全面提高人才培养能力为关键,围绕立德树人中心环节,思想政治工作体系贯通人才培养体系向纵深推进。

学校党委坚持把理想信念教育作为首要任务、重中之重,用习近平新时代中国特色社会主义思想武装头脑、教育师生、推动工作,用中国特色社会主义和中国梦凝聚共识,以思想自觉引领行动自觉。

"担复兴大任、做时代新人",党的十九大以来,学校党委将这一主题教育活动"抓在经常、融入日常",贯穿于 2018 年全年学生思想政治工作全过程。一面旗帜、一条道路、一个名字,一份信仰、一腔赤诚、一种担当……900多个团支部、2万余名青年学生,随着主题教育活动在北理工如火如荼地开展,同学们从中升华思想、坚定信念。时代思想大学习、时代新人标准大讨论、时代新人我践行、"时代新人说"大宣讲……让北理工青年学生把时代新人时代担当镌刻进思想里,融汇到行动中。

北理工举办"时代新人说"主题教育活动

浇花要浇根、育人要育心。思想政治工作要有生命力,还要围绕学生、关照学生、服务学生,助力学生成长成才。

开展书院"家"文化建设,厚植文化育人土壤;推出"百家大讲堂"系列高水平讲座,全年开展150余场,顶级科学家、军事家、艺术家、企业家等"六家"为学生带来思想盛宴;构建心理健康安全屏障,打通教育服务的"最先一公里"和"最后一公里";抓好发展指导,朋辈导师线下线上答疑解惑;完善发展资助工作体系,"新·生"能力提升项目等将"授人以鱼"转化为"授人以渔"……一系列有品质、有温度的举措办法构筑起彰显"学生为本"的人才培养新生态。

"这不仅是北理工的事情,这是中国汽车人的事情。"在第四届中国"互联网+"大学生创新创业大赛总决赛上,夺得冠军的北理工"中云智车"代表队发出了这样的感言。2018年,北理工优化环境氛围、用创新文化"塑",完善培养机制、用创新模式"育",强化支撑保障、用创新平台"促",以"大情怀""大科研"引领带动大学生创新创业。大学生创新创业结出累累硕果,在国内外重要赛事上夺魁、夺杯、夺金。

一年来,北理工思想政治工作的"强身健体"体现在"两手抓两手硬",把握好学生和教师两个主体上。如何深度打造一支"政治素质过硬、业务能力精湛、育人水平高超"的高素质教师队伍?

成立教师发展中心,致力于通过系统性、专业化的教育培训活动,提升不同发展阶段教职工的思想素质和专业能力;成立师德师风建设委员会,修订《师德"一票否决制"实施细则》,制定《师德考核实施办法》,完善了师德考核评价标准和师德失范行为处理办法,健全了集教育、宣传、考核、监督、激励与惩处于一体的师德建设长效机制;完善教师荣誉体系,设立学校人才培养最高荣誉"懋恂终身成就奖",86岁仍然坚持为本科生授课的两院院士王越先生获评首届"懋恂终身成就奖",在全社会引起广泛反响;深入开展"做新时代'四有'好老师和'四个引路人'""弘扬爱国奋斗精神、建功立业新时代"学习实践活动。一年来,教师思想政治工作体系更加完善。

王越院士发表感言

2018年,学校党委以"北京高校思想政治工作难点攻关计划"项目为抓手,开展教师理论学习全覆盖、常态化及长效机制研究,以此为抓手推动教师思想政治工作"提质增效"。7个学院开展试点工作,全力突破针对"全体教师"开展理论学习这一难点;举办系列"思政示范讲座",王越院士、周立伟院士、马宝华教授和韩伯棠教授等知名专家学者走上讲台,立足青年教师切身需求,讲述"如何用马克思主义的立场、观点、方法指导学术研究和教学科研工作";挂牌建设首批具有示范性的7个"教师思想政治工作室",努力形成教师参与度高、适用性推广性强、工作实效性突出的模式或成果,促进教师思想政治工作的整体提升……

一年来,教师思想政治工作点面结合、多管齐下,更加注重以解决长远问题的办法,来应对当下面临的问题和挑战,带动教师队伍更好地"传播知识、传播思想、传播真理,塑造灵魂、塑造生命、塑造新人"。

立德树人,要围绕"培养什么样的人、怎样培养人、为谁培养人"这一根本问题。学校党委坚定把立德树人作为检验学校一切工作的根本标准,把师德师风作为教师评价的第一标准,"两个标准"成为思想政治工作向纵深推进的根本方法论依据,并且在北理工实践中得到了广泛运用和实践检验。

改革创新　聚焦新要求落实新任务

改革创新是思想政治工作的不竭动力。时代的发展日新月异,能不能很好地坚持解放思想、实事求是,淘汰不合时宜的观念、做法和束缚,增强思想政治工作的时代性和感召力,直接影响着工作实效甚至是人心向背。

北理工在推进思想政治工作改革创新的过程中,坚持"变"与"不变"相结合,变的是方法手段路径,不变的是初心本分灵魂。如何更好地立心铸魂,也是北理工思想政治工作改革创新的出发点和落脚点。

在大学,琅琅读书之声,永远是主旋律。习近平总书记强调,要用好课堂教学这个主渠道,各类课程都要与思想政治理论课同向同行,形成协同效应。这是思想政治工作理念思路创新的一个范例,也直指当前思想政治工作的薄弱环节所在。

"谁说我们没有课堂?我们有着世界上最大的课堂。蓝天是我们的屋顶,高山是我们的围墙。"当课堂上响起延安杜甫川(北理工前身自然科学院所在地)曾经传诵的诗歌时,"延安精神"主题思政课落下帷幕,也引来同学们的颔首赞许。

2018年以来,北理工不断强化思政课教学改革。深入推进"校史进思政课堂",思政课教师人手一套校史丛书,推动思政课教学与校史校情教育相贯通;统筹"八支队伍"上思想政治理论课讲台,以校党委书记、校长专题授课和"百家大讲堂"全年27场院士讲座为主要载体,打造高水平"思政公开课";打通教学内容,实施博士生思政课专题教学;在两校区分别改建两间思政智慧教室,搭建智慧教育平台;将手机App应用于思政课教学中,开发"青年马克思演说"VR及AR相关内容。此外,学校通过开设思政课教改项目绿色通道、实行思政课教师队伍职称单评单列等政策措施,持续加强思政课第一课堂育人实效。

这一年,北理工淘汰"水课"、打造"金课",强化课程育人,推进课程思政。在人才培养改革"SPACE+X"(寰宇+)计划中,课程改革作为一项重点内容位列其中。课程改革注重的精品品质,不仅强调知识传授,更注重学生价值观的塑造、学术视野的拓展和实践能力的提升。增强理想信念,树立家国情怀,提升品德修养,增长知识见识,培养奋斗精神,增强综合素质,是一曲学生成长发展的交响乐。越来越多的北理工"金课"成为学生成长的灯塔,奏响了一流人才培养的美妙乐章!

因事而进、因时而化、因势而新,要契合师生思想特点和发展需求,不断推进思想政治工作方法手段创新,提升工作的科学化现代化水平。

继续深入推动思想政治工作与信息技术高度融合，用"互联网+"助力思想政治教育，突出网络思想引领的红色风向标。建设理论网、"理老师"微信公众号等新媒体理论学习平台；打造"互联网+党课"，学院党组织负责人带头录制"微党课"；举办第二届"微心声"征文活动，面向全校师生征集"北理老师"文字画像；结合校史、学科专业史，发布系列"微故事"；"鸿雁一鸣天高远　一封素笺寄离情"，"微心声"成为毕业生写给母校最美的"情书"；制作"延河星火1分钟"150期，点击量30余万……以微党课、微视频、微故事、微心声、微支部为主要载体的"五微一体"思想政治教育新模式迸发出更加积极的活力。

新时代赋予新任务，学校新闻舆论工作无疑要承担起更大的责任、更重的使命。"48个字"责任使命字字千钧，激励我们要始终以正确的舆论引导师生，强信心、聚人心、暖人心、筑同心。2018年，学校全力构建以学校官方微信公众号为中心的新媒体矩阵，积极做好正面宣传、成就宣传、典型宣传。聚焦"新时代、新作为"，策划推出"5+1"系列专题报道；以师生为中心，深入走访调研，新闻宣传"提质增量"。官微推送180余篇，深度报道48篇、"新闻特写"96篇、时评4篇，回声5期……来自基层一线的"优秀师生""鲜活案例"纷纷亮相，主流舆论发出时代强音，北理工故事愈发深入人心。

随着建校80周年脚步的日益临近，与一流大学目标相适应的文化建设逐渐走向快车道，以文化人、以文育人形成新态势。整理重印9册1000套校史丛书，推进校史进课堂"全覆盖"；陈列荟萃300余件实物展品，隆重推出"国防科技历史成就展"；首次实施校史"口述史"采集工程；组织开展东方系列探空火箭发射成功60周年纪念活动；策划推出"学校改革开放40周年图片展"；持续推进"高雅艺术进校园"，深入打造深秋歌会、"一二·九"文化体育活动、校园舞蹈展演等校园文化品牌……这一年，学校"文化育人"内涵载体更为精准、更为丰厚，"延安根、军工魂"红色基因成为北理工人共同的精神文化纽带。

坚持遵循教育规律、思想政治工作规律、学生成长规律，主动适应时代变迁和实践发展新特点，举旗帜、聚人心、育新人、兴文化、展形象，北理工思想政治工作改革创新一直在路上！

固本强基　扛起新责任展现新担当

"办好我国高等教育，必须坚持党的领导，牢牢掌握党对高校工作的领导权，使高校成为坚持党的领导的坚强阵地。这一点任何时候都不能有丝毫动摇。"习近平总书记的要求，时隔两年，言犹在耳。立足新时代新使命新责任，北理工党委切实发挥领导核心作用，不断加强和改善对学校思想政治工作的领导，一方面突出抓好政治领导，坚持正确办学方向，引导师生牢固树立"四个意识"，坚决做到"两个维护"；另一方面突出抓好思想领导，巩固马克思主义在意识形态工作中的主导地位，确保学校始终成为培养社会主义事业建设者和接班人的坚强阵地。

欲筑室者，先治其基。一年来，北理工党委坚决落实全面从严治党主体责任，固本培元、立规明矩、以上率下、压实责任，扎实推进专项巡视检查整改工作，以前所未有的决心和毅力抓基层、打基础，着力打造风清气正的政治生态、崇尚真理的学术生态、和谐美丽的宜学生态，带动基层党组织把思想政治工作摆在重要位置。

熔铸信仰抓学习，让党员领导干部的思想理论武装随时踏上时代的节拍。学校党委邀请全国人大监察和司法委员会副主任委员徐显明，求是杂志社内参编辑部主任祝念峰，中国人民大学刘建军教授等多位专家学者走进干部课堂，强化高质量思想理论供给。思想上的认识提升了，党员领导干部抓意识形态建设、抓思想政治工作的主动性、自觉性也更加坚定。

突出政治建设，坚决承担管党治党、办学治校主体责任。制定《关于党委常委会会议、校长办公会议组织实施细则》等文件，模范执行党委领导下的校长负责制,巩固完善大党建工作格局,学校党委对全校工作的全面领导进一步得到加强。印发《院级党组织会议、党政联席会议议事管理规定》,明确党组织会议决定和前置把关事项,保证党政联席会议对重要事项的决定权,学院党组织的政治核心和保证监督作用进一步得以深化。把"有利于加强党的全面领导、保证社会主义办学方向"作为2018年学校机构改革的重要指导思想,从组建党委办公室,强化全校党建和思想政治工作统筹协调,到成立党委巡察办公室,建立纪检、监察、审计、巡察联合监督的"大监督"工作机制,加强党的领导、全面从严治党持续向纵深发展。

以提升组织力为重点,突出政治功能,更好地发挥党支部战斗堡垒作用和党员先锋模范作用。2018年,学校党委承担北京高校党建难点项目支持计划,组织专门力量研究加强高校教师党支部建设的有效做法并实施;成立学校首批9个"双带头人"教师党支部书记工作室,落实教师党支部书记考核激励措施;按照"组织主导、党员主体、先进导向、持续创新"原则推进学生党建,带动学生党员努力成长为青年马克思主义者;选树先进党组织,从身边人身边事中发掘优秀师生党员,打造"党建榜样"群体;充分发挥党组织宣传引导凝聚师生的主体作用,基层党组织做思想政治工作的能力进一步提升。一年来,1个学院党委获评"全国党建工作标杆院系",1个教师支部获评"全国党建工作样板支部",1个学生党支部获评全国高校"百个研究生样板党支部",1名学生党员获评"百名研究生党员标兵"。

毛主席在《共产党人》的发刊词中写道:"使党铁一样地巩固起来"。高校党委把握思想政治工作的主导权,根本在于抓好高校党组织自身建设,建强党的工作阵地。北理工党委正在并仍将以全面从严治党的政治清醒、恒心韧劲、精神状态和战略定力,按照新时代党的建设总要求不断加强和改进党的领导和党的建设,让党的旗帜在校园高高飘扬。

围绕师生绘蓝图,聚焦成才创一流。凡是过去,皆为序章。2018年是贯彻党的十九大精神的开局之年,是学校着力深化综合改革、深入推进"双一流"建设的进取之年,也是全面提升思想政治工作质量的奋进之年,再学习、再研究、再聚力、再出发。新的一年,全校上下将把学习贯彻落实全国高校思想政治工作会议精神不断引向深入,坚持"价值塑造、知识养成、实践能力"三位一体,不断完善高水平人才培养体系,以更饱满的精神状态、更宽广的历史视野、更强烈的担当意识,写好新时代高校思想政治工作发展的"奋进之笔"!

出品:党委宣传部
供稿:黎轩平
摄影:党委宣传部
编辑:戴晓亚

会测温能报警的"快递员",北理工的"小酷"有点儿酷

推送日期:2020年3月20日

3月的暖风一吹,北理工的校园也逐渐繁忙起来,为了赢得战"疫"的全面胜利,北理工慎终如始,抓紧抓实抓细各项防疫工作。日前,一位"智能"防疫工作者,也正式在中关村校区上岗啦!

5G 云控防疫监测无人配送车"小酷"

大家好,我叫"小酷",是由北京理工大学与酷黑科技(北京)有限公司研制的5G云控防疫监测无人配送车,我可是疫情防控小能手,能测温、会报警,还能独立配送物资,我一定为大家守护好北理工的校园!

那么因新冠疫情而紧急研发临危受命的"小酷"又实现了哪些技术突破,在我们的校园中又承担了怎样的防疫任务呢?

高效测温报警,提高防疫安全

为了满足此次疫情防控的切实功能需求,"小酷"搭载了高精度红外测温成像系统,可远距离、非接触、大范围监测流动人群,并可分别识别每个人的体温,同时通过5G网络实时显示在车载屏幕和远程监控设备上。

当监测到体温异常人员时可实时报警,截取监控画面并存储。同时,通过4G/5G链路及时将现场相关人员的面部、衣着等特征信息回传至园区内安保中心,及时通知工作人员前往处理。

如此,可以大幅提高人员体温的监测效率,避免由于人流过大造成人员聚集,减少防疫工作人员与外来人员的接触,提高了整体防疫工作的安全性。

无人配送,实现安全运输

"小酷"搭载了全电驱动线控底盘、5G通信、北斗卫星定位系统,可通过遥操作或自主循迹的方式实现非接触远程物资运输与配送功能,防护品、工作人员餐食、防疫宣传品等均可妥善收纳,有效承载能力可达300千克,续航60公里,满电情况下防疫监测功能可连续工作10小时,并支持快速换电。

智慧校园　科技北理

对于酷黑科技,相信大家并不陌生,在第四届中国"互联网+"大学生创新创业大赛中,酷黑科技凭借"飞天工兵"智能空中作业机器人,一举拿下了大赛总决赛金奖。

作为一家北理工大力扶持的校友联合创办的科技型创新企业,致力于"中国智造"的酷黑科技,已经推出了许多硬核科技产品。

在北理工 2019 年的迎新季中,同样来自"酷黑"家族的 Apollo D－Kit 自动驾驶迎新车,就曾为大家带来一场"智能接风宴"。

在 2020 年的春天,"小酷"将会在北理工的校园中迎接大家回家。

特殊时期,战"疫"不容辞,北理工聚焦国家疫情防控急需,为打赢疫情防控人民战争、总体战、阻击战提供源源不断的科技支持。

期待春光烂漫时,重逢于北理工校园。

出品:党委宣传部

来源:机械学院　酷黑科技

编辑:戴晓亚　张楠

冬日，这件北理工的温暖事，很暖很暖……

推送日期：2019年12月4日

2013年4月开始，北京理工大学教育基金会创设"大爱救助"基金。

该基金项目在社会热心人士和校友捐赠、学校领导的大力支持下而设立，旨在向突患重大疾病和突然遭遇重大事件的学生、校友及其家庭提供一定的物质资助和心灵慰藉。

截至目前，"大爱救助"基金，已经救助了65人，总救助金额累计达279.5万元。

随着基金系统的不断完善，目前基金会建立起"大爱救助"基金、"爱心筹"、"善行北理"医疗资助基金"三位一体"的基金救助体系，救助对象不只面向在校生，无论是入学前、医保暂时没有生效的准新生，还是刚毕业、没有"五险一金"的毕业生，抑或是毕业多年的校友，只要有着"北理工"的身份，在突患重大疾病和突遭重大变故的时候，都能获得一定程度的资金救助。

"大爱救助"基金和"爱心筹"解决燃眉之急

2019年9月，张强和其他大学新生一样，如期到北京理工大学睿

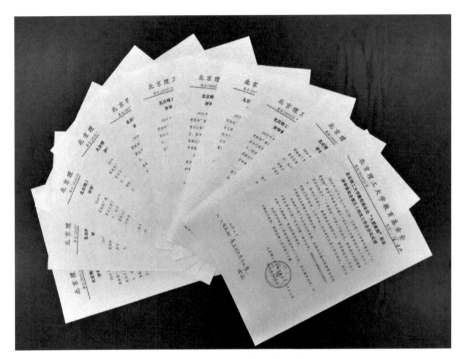

大爱救助基金实施相关文件

信书院报到,而在刚接到录取通知书时,他还一片茫然。

张强出生在河南省一个普通的农村家庭,2011 年,他不幸患上了进行性脊肌萎缩症,这是一种极为严重的肌肉病,当同龄人都在自由自在奔跑的时候,他却早早被禁锢在了轮椅之上。由于行动不便,父母不得不留下来陪读,没有经济来源,家庭生活因此更加困顿。

收到通知书时,张强既欢喜又担忧。"生活不能自理,父母需要陪读,病情需要进一步治疗,那么租房钱、学费、医疗费都在哪呢?"张强抱着试一试的心理给学校写了一封求助信,没想到一个月后,学校相关部门和基金会的老师敲响了他家的门,把 3 万元"大爱"基金交到了他的手里,解决了张强的燃眉之急。

北理工的"爱心接力棒"不仅为未入学的新生和在读学生所设,已经毕业的学生和校友也可以享有援助。2019 年 3 月 15 日,一位女博士牵动了数千北理工人的心,在北理工教育基金会的"爱心筹"平台

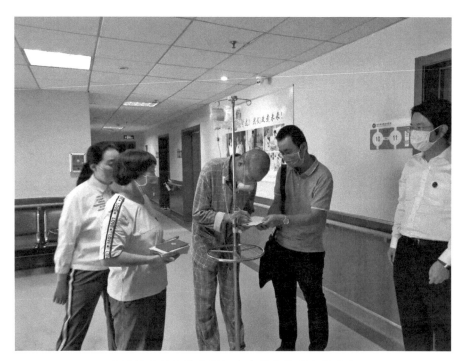

大爱救助基金代表看望患病学生并送上救助金

上,一场紧急的爱心救援争分夺秒地展开。8个小时、3000余人、30余万元的筹款,无数的祝福和鼓励,为这位身患重症的女生伸出了强有力的援助之手。

  这位女博士的名字叫李华,是北理工宇航学院2012级硕博连读研究生,2018年6月从北理工博士毕业,被航天系统某单位招录为博士后。正当李华准备迈向新的工作岗位时,却被诊断为重度脑胶质瘤,治疗费用至少需要50余万元。李华家庭贫困,母亲也刚刚做完手术,还有20万元欠款未还,而因为尚未签约,无法享受医保支持,所有治疗费用需自费承担。无奈之下,李华家属在母校基金会面向校友和师生的"爱心筹"平台发出筹款信息,短短8小时就完成了筹款目标。"人生总有低谷,祝愿你早日战胜病魔,拥有自己理想的生活!""加油,桃花开了,希望你每年都能看到美丽的桃花。""虽然不认识,但在一层楼学习了两年。师姐加油啊!"在平台项目下,不少捐赠者留下了简短而又感人的祝福语，鼓励这位花样年华的校友与病魔积极抗争。

"医疗资助基金"为贫困学生购买医疗保险

同时，"大爱"救助的资金并非"取之不尽、用之不竭"，虽然是直接拨款，但捐助金额有限；之前，基金按照国家法规开展的"爱心筹"模式，在师生和校友群体发起的针对患病学生医疗费的捐助项目，虽然可以在短时间内筹集更多金额，但也存在缺乏可持续性等不足之处。近期，伴随着国家相关法规政策的调整，这种模式也已经停止使用。

那么，是否还有其他办法，可以让捐助方式"点面结合、深度互补、主动防范"呢？北理工教育基金会担心的问题，也是热心公益事业的北理工92级校友宋竞一直思考的问题。在参与多次捐助后，她意识到，用保险这个"杠杆"，可以以很低的代价覆盖高昂的医疗费用，让患病学生家庭免受灾难性的经济打击，正因为费用低，校友们捐助的钱可以为更多学生"买保障"，帮助到更多学生。于是，宋竞尝试自费为10位北理工贫困学生购买了医疗保险，效果非常好。这个做法得到了基金会的认可：医疗基金额度足够高、具有可重复性，同时克服了"大爱"基金额度低和"爱心筹"需频繁发起的不足。2019年10月，"善行北理"医疗资助基金在北京理工大学92级9名校友发起人的支持下应运而生，并纳入北理工教育基金会救助项目中，成为该基金会最新的救助模式，目前已为31名贫困生购买医疗保险。

严格资助管理制度，让公益在阳光下传递

北京理工大学目前有在校学生27 678人，其中家庭困难的学生比例为22%。尽管国家、学校已经构建了多级医疗保障体系，但是一些重大突发疾病的发生，还是会给学生的求学生活带来很大压力，尤其是家庭经济困难的学生。

9月3日,352名家庭经济困难新生通过"绿色通道"顺利入学报到

"每一笔资助都要用在刀刃上!"北理工基金会新闻发言人余海滨告诉北京青年报记者,从明年开始,基金会将赶在新生入学前做好认定工作,为每一个符合条件的家庭经济困难学生买上医疗资助保险。余海滨表示,家庭经济困难学生的认定基于国家家庭经济困难学生认定工作体系和《北京理工大学家庭经济困难学生认定工作实施办法》两个文件。

把"大爱"给予最需要的人,自然也离不开健全的管理制度。"大爱"基金隶属于北京理工大学教育基金会,按照国家相关管理规定,设有专门的管理委员会,对每笔捐助均详细登记以备查证。"大爱"基金的获得采取申请制,申请人必须按要求填写申请表格和个人情况说明,并出具相应的证明材料。依据制度,本着对每一分善款负责的态度,基金会将安排第三方对申请者进行考察,实地走访,获取第一手材料。在各项情况属实的前提下,基金会将召开评审会,讨论资助细节,使申请者得到实实在在的帮助。

实施援助后,基金会还会在学校和基金会的官方网站上发布专题报道,弘扬公益精神、传播大爱理念,同时这也是对捐款人的高度负责,使捐款者明确善款去向。透明公开是对捐赠者公益之举的最佳回馈。

"救助加保险的模式将校友们的善念传递给需要帮助的北理人,而规范化的制度与流程正是坚实的基础。"北理工教育基金会工作办公室主任李振键说。只要基金会在慈善法的指导下,坚守初心,以救助效果为本,不断优化实施方案,一定能让这种大爱延续下去,让这种公益善举传承下去。

公益善举,盼您同行

多年来,北京理工大学教育基金会联合学生工作部、学生事务中心持续开展学生救助体系建设,通过不断完善与创新,形成了救助加保险的"三位一体"救助体系。点滴善意,温暖人心,截至目前,北理工92级校友中已有73人参与了"善行北理"医疗资助计划的捐赠,总参与人次达到181人次。为了推进学校公益文化建设,推动救助体系可持续发展,帮助更多需要救助的北理工学子,学校教育基金会欢迎更多北理工师生、校友和社会各界爱心人士参与到"大爱"中来,为需要帮助的北理工人献上爱心与支持,在公益捐赠中为自己的人生注入善行与美好。

大爱点亮心灯,慈善升华人生,团结、互助、互爱,共筑"大爱北理"!

出品:党委宣传部
来源:北京青年报 刘婧
摄影:教育基金会工作办公室
编辑:王朝阳 徐会升

新语北理

从北戴河到方山，40年来，海的胸怀、山的崇高，北理工青年追寻把小我融入大我

推送日期：2019年7月7日

立德树人，是高等教育的根本任务。教育，践行在行动里，体现在无声处。怎样通过入脑入心的教育行为把立德树人根本任务落细落

北理工暑期学生骨干培训班参加培训中

小落实？自 1980 年开始，北京理工大学坚持 40 年举办暑期学生骨干专题培训，烙印在一代代北理工青年骨干记忆中的"北戴河干训"，就是一项历久弥新的有效举措。

2019 年的这个暑假，北理工把学生骨干暑期培训从北戴河迁移到了学校定点扶贫的山西省方山县。方山这个距离北京千里之外的国家扶贫开发重点县，在北理工定点帮扶近 4 年后于 2019 年 4 月正式脱贫摘帽。从经历了 39 年的"北戴河"到第一年的"方山"，承载的是面向新时代新形势新征程，北理工党委对"培养什么人、怎样培养人、为谁培养人"根本问题的深层次思考，是学校对扎根中国大地办大学、建设一流大学、培养一流人才的深谋远虑和殷切希冀。

只有把小我融入大我，才会有海一样的胸怀，山一样的崇高。

——习近平

我是团支部书记、我是党支部书记、我是共学会会长、我是科普宣讲团团长、我是学生会骨干、我是班长、我是研究生会带头人……不管我来自哪里，我们都有一个共同的名字——北理工青年骨干。

7 月的阳光格外辉煌灿烂，2019 年 7 月 1 日，党的生日。在学校党委的号召下我们奔赴山西省方山县，参加"我的祖国我奋斗"。北京理工大学 2019 年暑期学生骨干培训班，我们走出校园，走进脱贫攻坚的第一线，新奇、懵懂、犹豫，思绪不断激荡，梦想开始闪光。

深度辅导　指引方向

为了让我们更好地理解培训目的，做好思想动员，在 7 月 2 日开班之际，校党委副书记包丽颖与学校相关部门领导一起来到参训骨干之中，连续举行三场不同范围的座谈会，谈心谈话、交流思想。师长的循循善诱、我们的所思所想，心中的答案愈发明晰：坚定信仰信念信心、激发使命责任担当，这是我们方山之行的根本之意。

在座谈交流中，包丽颖老师讲道："1990 年那年，我作为学生骨干参加暑期干训的时光至今难忘，这段经历对我的大学学习成长影响很大，同学们要珍惜这有着 40 年传统的学生暑期干训的难得机会。从延安走来的北理工承载与党和国家同呼吸、共命运的光荣与梦想。我们新时代的北理工青年要接过前辈的接力棒，让'延安根、军工魂'红色基因代代相传、永不褪色！要以方山县为例，一方面看到在党的精准扶贫基本方略的大力支持下，贫困地区正在发生翻天覆地变化，坚持党的领导，坚定我们中国特色社会主义的道路、理论、制度和文化自信，人民的生活、国家的发展就能越来越好；另一方面要辩证看待国家经济社会发展仍存在的不平衡不充分的矛盾问题，认识到这些问题都与'我'有关，我们青年人有责任有义务参与解决这些问题，从而找到大学生求学报国、服务社会的切入点。通过这样深入的社会观察、社会实践，坚定理想信念、浓厚家国情怀、砥砺使命责任，逐步将小我融入大我，成长为德智体美劳全面发展的社会主义建设者和接班人。"

师长箴言　传道解惑

在方山干训学习期间，授课老师们从大国博弈、爱国主义、扶贫攻坚、中国化的马克思主义等不同方面，带领我们辩证认识中国和世界，找准青年的成长方位和坐标。

本次干训，特邀吕梁市兴县县委副书记、中国人民对外友好协会机关纪委纪检一处处长徐赐明，团中央办公厅谢兴，吕梁市扶贫开发办公室副主任贾永祥，北理工马克思主义学院 2019 年新入职思政课教师赵紫玉、王旭东、张廷广、王校楠等专家为我们授课。

红色遗址　激荡情怀

本次干训中，我们来到吕梁临县中共中央西北局旧址，毛泽东、周恩来、刘少奇、彭德怀、贺龙、邓小平、叶剑英、习仲勋等老一辈无产阶级革命家开展革命工作的场景似乎历历在目。在蔡家崖纪念馆，抗日战争和解放战争时期，晋绥边区行政公署和晋绥军区设置于此，这里的山山水水、一草一木都在向我们讲述着"没有共产党就没有新中国"的历史真谛。

"我志愿加入中国共产党"，在庄严的党旗下，我们重温入党誓词。在"黄河九曲第一镇"的碛口古镇，我们登高望远，感慨山河壮阔，民族复兴和强大祖国的接力棒，未来终会交到我们的手上！

社会观察　触动心灵

短短5天5夜，移民搬迁改造、现代农业发展、产业扶贫支持、农村综合治理，脱贫攻坚任务中的急难险重、辛劳奉献、挑战困难……一场场报告、一个个人物、一段段故事，伴随着三晋大地的清风，叩动着我们的心灵，带来象牙塔中从来不曾有过的触动。

思想碰撞　明辨笃行

"如何正确认识当代青年的时代责任与历史使命""如何弘扬传承中国传统文化""如何充分发挥学生骨干引领作用""如何认识脱贫攻坚"……在干训特别设置的晨读晚讲中，我们在跟班思政老师的带领下，积极思考、热烈讨论，思想的火花碰撞，打开海的胸怀，树立山的崇高。

我学习、我思考、我行动、我成长……5天120多个小时，新事物、新面貌、新知识、新想法似乎让我们应接不暇，我们且行且珍惜，且行且成长。

远山长，云山定，在北武当山的宁静祥和中，我们迎来了国旗飘扬，国歌回荡。

雄壮势，隆今昔，在黄河的汹涌澎湃里，我们看到了中华民族矢志复兴的奋斗传承。

祖国的大好河山,让我们感悟胸怀天下,山河锦绣,人民安康,吾辈青年之责任。

得其大者可以兼其小。登远山之巅、向信仰而行,心怀"大我",是一种大格局、大抱负,把小我融入大我,才是青年大学生成长成才的正确打开方式。

回声:我们在方山成长

请听我们的心声:

我以为我,
只是一名普通的大学生,
只是这个时代青年中的平凡一员,
方山之行让我认识到,
我流淌着的红色基因,
弘扬延安精神、传承军工品格,
勇担复兴大任、争做时代新人,
是我们义不容辞的使命责任!

——干训学员王雪

我被党员干部扶贫的故事深深打动,将来我也要做一名光荣的选调生,回到自己的家乡山西临县,用过硬的专业技能,助力乡村振兴,让曾养育自己的这片土地,在新时代加速发展,过上更加幸福的生活。

——干训学员吕泽凯

我们走过英雄故里,登上武当之巅;
我们深入祖国基层,踏遍黄河蜿蜒。
愿以大河之雄,荐英雄之志;

以高山之伟,备强国之战。
每个青年心中都有一颗火种,
那是中华民族伟大复兴的中国梦,
我坚信,我们坚信,
梦想,会在我们的手中实现。

——干训学员周伟

2019年7月1日到5日,五天的干训,四场讲座,四次参观考察,令人难忘。两次主题展示,一次主题板报,三篇新闻稿,十六篇个人感悟,凝结着大家的智慧与真情。我们会一直记得北武当的巍峨险峻,红色遗址的初心使命,方山人民的热情淳朴,伙伴们的互学互助,老师们的谆谆教导。这些弥足珍贵的回忆已深深印入了我们的心中,我们将更加自信,步履更加坚定,相约未来,追梦不止。

——干训学员赵堃宇

未来,国家富强,民族复兴,人民共同富裕,这是我们期待着的理想乡。此处,是个适合作为出征的起点的地方。

——干训学员汪宇欣

六天五夜,是干训幕后的工作者,也是求知若渴的学习者;
册载传承,铸发展小我的新能量,更铸胸怀大我的新格局。
"皇皇者华,于彼原隰;骁骁征夫,每怀靡及",
我相信,每个流淌着来自延河水的红色血脉的北理工人,
都有责任、有志向、也有能力,
成长于斯,奋斗于斯,开拓于斯,让民族和祖国在我辈肩头——
复兴!富强!

——干训工作组李中石

观"小我"以修身、扬"大我"以养德。

作为学校即将赴任的第21届支教团成员,通过此次方山干训,我们感悟到"天下兴亡,匹夫有责"的使命、"苟利国家生死以,岂因祸福避趋之"的担当以及"寄意寒星荃不察,我以我血荐轩辕"的远大理想。

在未来一年的支教生活中,我们一定不忘初心、牢记使命、砥砺前行,为祖国的教育事业贡献自己的最大力量。

——第21届研支团苏子龙

青年是整个社会中最积极、最有生气的力量,国家的希望在青年,民族的未来在青年!

方山干训学员们所能做的,意味着更多,比想象的更多。

带着方山干训精神,回到北理工校园,把小我融入大我,将青春献给祖国,不忘初心,牢记使命,用奋斗书写更加灿烂的明天!

此次方山之行,虽已画上句号,但成长之路没有终点。方山干训学员们是一枚枚时代新人的火种,越来越多的学子在北理工成长为担当民族复兴大任的时代新人!

出品:党委宣传部

来源:校团委

编辑:杨文倩　李彦衡　魏元杰　龙博　王朝阳